デラシネ

放浪捜査官・草野誠也の事件簿「鏡の海」篇

梶永正史

潮文庫

主な登場人物

草野誠也（42）　元警視庁刑事部捜査第一課の刑事だったがある事件をきっかけに退職。いまはライターとして全国を旅している。

白羽雅（39）　警察庁キャリア組。中国四国管区警察局「総務監察・広域調整部」首席。捜査第一課時代の草野とは確執がある。

上村綾子（33）　出版エージェント。草野が首を突っ込む事件に振り回される。

大塚信（63）　出版エージェント会社「マッキントッシュ」社長。草野に恩義がある。

三好春香（31）　千々布村の景勝地「鏡浜」でキッチンカーによるカフェを経営している。鏡浜を愛し、その魅力を広めようと活動している。

小俣雅英（80）　千々布村村長。この村に関わる秘密を守ってきた。

奥田健（55）　東京から移住してきた芸術家。地元住民との間に発生するトラブルをSNSで発信していたが、事故死する。

三好仁　戦後期の千々布村村長。春香の祖父。

小俣順一　雅英の父親で先代の村長。地元の名士で槍術の師範。

装幀：片岡忠彦

デラシネ
放浪捜査官・草野誠也の事件簿
「鏡の海」篇

プロローグ

紺《こん》から赤に移り変わっていくグラデーションの空。粘土《ねんど》に爪《つめ》を突き立てた跡のような三日月と、明けの明星だけがまだ空に居残っていた。

遠浅の浜辺には広大な潮溜《しおだ》まりができていて、鏡のように空を反射させていた。

女は子供の頃からこの情景が好きだ。潮溜まりの際《きわ》に腰を下ろして両足をそっと沈めると、まるで鏡の国に溶け入ってしまうような、不思議な気持ちになったものだった。

――本当に、行ければいいのに。

女は裸足《はだし》でその鏡のような海に足を踏み入れてみたが、波紋《はもん》が眼下の空を歪《ゆが》ませるだけで鏡の国などへは行けないことにひどく落胆《らくたん》した。最後の逃げ道を、塞《ふさ》がれたような気持ちだった。

胸に抱く赤子が、指を咥《くわ》えて体を捩《ねじ》った。

母親になることに憧れていたが、いまを取り巻く環境を惟《おもんみ》ると、この子が不憫《ふびん》に思えてならず、産んでしまったことに贖罪《しょくざい》の涙が止まらなくなる。生を受けて半年なのに、それを止めようとしている自分に。

潮溜まりを横切ってしばらく砂浜を歩くと、ささやかな波が足に寄せた。ここからは海になるが、くるぶしが隠れるほどの深さがどこまで歩いても続く。ひょっとしたらこのまま対岸まで行けてしまうのではないかと思えるほどだったが、ある地点を境に急激に落ち込んでいき、気づけば腰のあたりまで浸《つ》かっていた。

波がかかったのか、腕に抱いた赤子がぐずって身をよじる。

「ごめんね」

女はつぶやいた。

こんな人生になるとは思わなかった。ささやかでいい、人並みでいい、普通の生活が送りたかった。

冷たい波が赤子を頭から呑み込んで、逃れようと小さな手が女の首を摑む。

このまま死んだら、水死なのにどうして私の身体中は痣《あざ》だらけなのかと、訝《いぶか》しんでくれるだろうか。いや、この村では何事もなかったかのように処理されてしまうだろう。

あのひとが権力を持っている限り。

赤子は迫り来る波を避けようと必死に肩をよじ上り、女の頭をがっしりと掴んで泣き叫んでいる。

「ごめんね、ごめんね」

だけど、離れたくなくて、女は赤子をしっかりと抱きしめた。そしてふわりとやってきた波のタイミングに合わせて膝《ひざ》を曲げ、自らを海の中に沈めた。

1

大粒の雨が屋根を叩く音が車内に響いて、草野誠也《くさのせいや》は眠りから引き戻された。傍《そば》に置いた腕時計を見ると、午前三時になるところだった。

体を伸ばすと、足が運転席の背に当たった。

草野は、いわゆる仕事車の代表ともいえるトヨタ・ハイエースの、その荷室に寝転んでいた。

車中泊をしているが、キャンピングカーのような快適な改造が施されているわけではなく、キャンプなどで使われる〝コット〟と呼ばれる折り畳み式の簡易ベッドを置いているだけだ。フレームと金具で厚手の布をピンと張り寝られるような状態にしたもので、担架《たんか》に脚をつけたような形状をしている。

それだけに車中でこれを使って寝ていると、当初は救急搬送されている患者のような気持ちにもなったが、慣れれば意外としっかり睡眠をとることができる。

断熱も遮音《しゃおん》も利いていない車内だが、響き渡る雨の音は傘の下のそれと似ていて嫌いではなかった。

そういえば、別れた女の名前も雨音《あまね》だったな、と頭を掻《か》いた。

飲みかけのコーヒーを手に取ると、サイドウインドウに貼り付けていた遮光パッドの吸盤《きゅうばん》をひとつだけ取って、外に目をやった。

二週間ほど前に七夕《たなばた》を迎えた空はまだ暗い。

ここは四国の瀬戸内にある小さな村で、いまは海のすぐ近くの公園の駐車場にいるはずだった。

はずというのは、地図アプリで確認する限りはすぐ目の前は海なのだが、雨と街灯のないベタ塗りの暗い空間が広がっているだけでなにも見えず、波の音も聞こえない。ここに到着した時はすでに夜で、雨も降り始めていた。散策もしていなかったから、周囲になにがあるのかよくわかっていないのだ。

ウインドウに打ちつけては流れ落ちていく雨だれを見ていると、懐《なつ》かしく思えてくる。

かつて、草野は警視庁刑事部捜査第一課の刑事だった。

容疑者を追って張り込むとなれば、狭い車内でひたすら息を潜《ひそ》めながら何日も過ごすこともあった。

退官して三ヶ月が過ぎていた。

大卒で警視庁に入庁して二十年、刑事としては十五年間、昼夜の区別も、まとまった休みをとることなく過ごし、おおよそ自分の時間というものがなかった。

それなのに、急に〝自分の時間〟だけになってしまうと、なにをして過ごせばいいのかわからない。知人を通して再就職の誘いもあったが、ふと、旅に出てみたいと思った。

目的地を決め、ガイドブックを買って計画を練るというものではなく、自由気ままに自らを運ぶ。そんなノマド的な生き方は公務員の生活とは真逆なだけにささやかな憧れを抱いていた。

いまならそれができるのではないか。

そうして草野は、自宅近くの中古車販売店で目に入った十年落ちのハイエースを購入し、さしあたって目的もないままに旅に出たのだった。

ただ、刑事という常に緊張を強《し》いられる仕事から解放され、憧れていた〝なにもしなくてもいい〟という状況が、社会不適合者になってしまったようで、わけもなく焦ることがある。

刑事人生に未練がないといえば、確実に嘘《うそ》だ。それが全てだっただけに、なにをするにしても本気で取り組めないのではないかと思ってしまう。

この先、人生をどう生きるかはともかく、まだその覚悟ができていない。

自分探しと言えば聞こえはいいが、いざ探してみたら他にはなにもできない木偶《でく》の坊《ぼう》であることが判明してしまったような、そんな気がしていた。

なにをやっているのだろう……。

ふと気づくと、雨はやんでいた。スライドドアを開け、サンダルを履《は》いて外に出る。空には月が浮かんでいて、どんどん広がっていく雲の切れ間からは星空が覗《のぞ》きはじめていた。それらは東京では決して見ることができない、シャープな光を放っていた。

少し歩くと腰の高さほどの防波堤《ぼうはてい》があり、その先には、引き潮なのだろう。広大な砂浜があって、そのところどころに大きな潮溜まりがあった。

そして思わず目を奪《うば》われた。

夜空を鏡のように反射していたのだ。すぐ際まで近寄ってみると、視界の上も下も星空で、無重力空間に放り込まれたような錯覚《さっかく》を起こす。

そんな浮遊感にしばらく身を委ねていたが、不意に海風が吹き寄せて水面を波立てると、いままでそこにあった夜空を消し去ってしまった。

夢でも見ていたのだろうか、という心持ちで車に戻った。

まだ午前三時。

窓を少しだけ開けて車内に夜風を誘い込むと、草野はまた目を閉じた。


トントン、と窓をノックする音で目が覚めた。時計を見ると午前七時を回ったところだった。

体を起こしてスライドドアを開けてみると、朝日が気怠《けだる》い眼球を直撃して、思わず顔をしかめた。

「あのう？」

まぶしい光の中から聞こえてきたのは女の声だった。

車から抜け出し、網膜《もうまく》を突き刺す光量を調整するかのように、恐る恐る目を開けた。

そこに立っていたのは、三十前後の、すらりとした体つきの女だった。白いTシャツにショート丈のジーンズ。手にはバケツとトングを持っていて、束ねた髪に太陽が当たって栗色に反射していた。

「ここ、うちの駐車場なんですけど」

えっ、と慌ててあたりを見渡すと、確かに横にはキッチンカーがあり、その向こうに畳まれたパラソルを中央に差し込んだガーデンテーブルがふたつ。

駐車場入口の看板を見たつもりだったが、隣《となり》の道に入ってしまったようだ。

「ああ、すいません！　昨日の夜にここに来たのですが、暗くて、しかも大雨だったので、間違えてしまいました。すぐに移動します」

おそらくどんな男が出てくるかもわからなかったのだろう。草野が丁寧《ていねい》な口調だったことに、女は少し安心したような顔をした。

「旅行ですか？」

多摩《たま》ナンバーのプレートを覗き込むようにしている。

「あ、はい。まあ仕事と半々みたいな感じです」

「リモートワークってやつです？」

「いえいえ。そんなかっこいいものでは。いちおう、ライターといいますか。あちこち旅をしながら、その場のすばらしさを伝えるというか……」

女の顔がパッと明るくなった。

「まあ！　じゃあ、この村を紹介してくださるの？　テレビ？　それとも旅行雑誌とかですか？」

草野は頭を掻いた。

ライターというのは嘘ではない。刑事時代に知り合った大塚《おおつか》という男が作家のエージェント業をしていて、声をかけてくれた。

「どうせ旅に出るならさ、なんでもいいから文章を書いてみなよ。訪れた土地土地の風景とか、祭りとか、読者の興味を惹《ひ》きそうな内容なら、媒体《ばいたい》を紹介できるよ」

大塚は太い眉尻《まゆじり》を下げ、人懐《ひとなつ》こそうな顔で笑う。

文章を書いてその対価を得るという発想がこれまでの人生にはなかったが、初期投資や特別な道具がいらず、どこにいても仕事ができるというのは、いまの生き方に合っていると思った。

しかし、これまでいい景色に出会うたびになにかを書こうとしたものの、いざとなると言葉が出ず、一度も原稿としては上げていない。

大学では文系だったとはいえ、これまで書いてきた文書というのは事件報告書の類《たぐい》だから、根本的に脳の使い方が違うのだと実感している。

大塚は、それなら刑事時代の話を書けと言う。『実録！　警視庁・衝撃の事件簿』などというノンフィクションで本が出せると考えているのだろうが、草野としてはそれも気が乗らなかった。

事件にはかならず被害者がいる。そのひとたちの想いを換金してしまうような気がしたからだ。

「えっと、まあ、そんなものです。まだ企画はまとまっていないんですけど」

「来たばかりですもんね！　嬉しいな！　やっとだ！」

トングをカチカチと鳴らしながら喜ぶ彼女に押されていると、はたと気づいたように手にした物を置き、人差し指を立ててみせる。

「ちょっとお待ちを」

そしてキッチンカーに駆け込むとすぐに飛び出してきて、名刺《めいし》を差し出した。

「三好《みよし》といいます」

三好春香《はるか》。肩書きは、千々布《ちちぶ》村観光推進協会会長・知名度向上委員会会長とあった。自分が香川県にいることは把握していたものの、名刺に書かれている住所を見ても現在地がよくわからなかった。初めて聞く名前の村だったからだ。

「役場の方なんですか？」

「いえいえ。勝手にやってるだけです。年寄りはみんな過疎《かそ》だ限界集落だって騒《さわ》ぐくせに社交的ではないというか。この村の良さをもっとアピールすべきなのに腰が重くて」

「確かに、明け方の雨上がり、この海岸がすごく綺麗でしたよ。星空が海面にも反射してて……」

「そう！　見ました!?　それですよ！」

春香は興奮気味に海に目をやる。

「ここは遠浅で、潮が引くと沖合まで五百メートルくらい歩いて行けるほどなんです。だから薄く海水が張った状態で、風のない日はまるで鏡のようになります。特に夕方の美しさといったら」

「ウユニ塩湖みたいですね」

ウユニ塩湖は、南米ボリビア西部にある広大な塩の大地で、その広さは岐阜県に匹《ひっ》敵《てき》するにもかかわらず、全体の高低差が僅《わず》か五十センチ前後と、世界で最も平らな場所と言われている。

雨季になると塩湖は水を薄く張り、無風などの気象条件が重なると、空を湖面に逆さ映しする「鏡」となり、神秘的な光景を生み出す。

「それ！　まさに！」

春香のピンと伸びた人差し指が草野の鼻先に迫り、思わず足を一歩引いた。

「こんなすばらしい観光資源を活用しないなんてもったいない。私はもっと多くの人に千々布村の良さを知ってほしいんです」

聞けば、千々布村は国道から逸《そ》れていることもあって訪れるひとは少なく、またこれといった産業基盤を持たないため、過疎が進んでいるという。

「でもね、たとえば奈良県の野迫川《のせがわ》村って知ってます？」

草野は首を横に振った。

「人口は三百三十人ほどで、離島を除けば日本一人口の少ない村なんですが、そこを訪れる人は年間十五万人を超えます。これは、そこでしか見られない絶景があるからなんです」

その村は、雲海が一年を通して見ることができると、海外でも紹介されたらしい。

「決してここを都会にしたいわけじゃなくて、この浜を、もっと多くの人に知ってほしいんです。だって、ここの景色を知らずに生きるなんて、人生損してるって思いません？」

草野は勢いに押されて思わず頷《うなず》いてしまったが、確かに今朝見た光景は素晴らしいものだった。そして特定の条件が合わなければ出会うことができない光景に身を置くという経験は希少感をもたらすだろう。

春香はこの村で生まれ育ってきたが、特にこの海岸が好きで守ってきたと言う。今日も早朝からゴミ拾いをしていたようだ。

「雨が降った翌日はなにかと汚《よご》れるので」

「なるほど。一人で？」

「まあ、何人か手伝ってくれるひとはいますけど、みんな仕事があるし」

あらためて海に目をやった。

未明に見た時よりも潮が満ちたようで、砂浜はずいぶんと小さくなった印象があった。

その沖には瀬戸内の穏やかな海が青く輝いていて、大型船が蜃気楼《しんきろう》の中をゆっくりと進んでいく。

その風景に、草野は興味が湧いた。この村を紹介する記事なら、なにか書けるかもしれない。それに、そろそろ企画書なり原稿なりを渡してやらないと担当のエージェントが口うるさく言ってくる。もしくは忘れられてしまう。

「しばらく、滞在してもいいですかね？」

「ええ、もちろん！　でも、この村には民宿もないので……。近くだと、隣町の観音《かんおん》寺《じ》市内かなあ」

と、人差し指をあごに当てながらその方向に目をやった。

「ああ、いえ。基本的に車で寝泊まりしているんで」

「え、これでですか」

「ビンボー旅なので」

草野は自虐《じぎゃく》的に笑う。

「まあ、ここは困るけど、あちら側の公園駐車場なら構わないですよ。トイレもあるし。役場には私からも言っておきますよ。ライターさんが取材に来ているって」

「助かります」

「でも、狭くないですか？」

「それが、意外と大丈夫ですよ。秘密基地みたいで」

「夜とかは？　怖くないです？」

「キャンプのテントと違って鍵《かぎ》もかかるし、特にはないかな」

春香は、へーっと言いながら興味津々だ。

「じゃあ、とりあえず車を移動しちゃいますね」

「はい、あとよかったらコーヒーでも飲みに来てください」

草野は車に乗り込むと、いったん県道に出て、公園駐車場の隅《すみ》に車を置いた。頭上を大きな楠《くすのき》の枝が張り出していて、濃い影をつくってくれていた。

公園駐車場は昨夜を過ごした場所から一段高い位置にあって、春香のキッチンカーをやや上から俯瞰《ふかん》している。そのドアから春香が出てきて、草野に手を振った。

草野もそれに応え、駐車場脇の斜面《しやめん》を下る。春香がガーデンテーブルにコーヒーを置いてくれていて、どうぞ、と手で示した。

「ありがとうございます」

陶器《とうき》のカップを手に取り、海に目をやりながらカップを口に近づけた。コーヒーの香りが潮の香りと混ざり合って鼻腔《びこう》をくすぐった。

「てか、これ美味《おい》しい！　どこの豆ですか」

社交辞令抜きで草野が言うと、開店準備中の春香は満面の笑みを浮かべる。

「宮古島《みやこ》に知り合いのコーヒー農園があって、そこから仕入れているんですよ」

刑事時代、コーヒーは張り込みの友と言えるような存在だったし、当時付き合っていた恋人もコーヒーが主食かというくらいにこだわっていたので、草野もそれなりにうるさいつもりだったが、これは美味《うま》かった。

リッチというよりはフルーティーで、朝から夏特有の蒸し暑さを感じるなかのホットコーヒーであっても、ガブガブ飲めそうな爽《さわ》やかさがあった。

「こだわりですね」

「ちなみにそれは砥部焼《とべやき》なんですよ」

なにげなく手にしていたカップは、愛媛県砥部町を中心につくられている砥部焼だという。純白というよりも淡《あわ》い白地に、薄い藍《あい》色の、菖蒲《しょうぶ》の葉のような模様が描かれていた。

「マグカップは珍しいですね」

そう応じると、春香はセールスマンが見込み客を見つけたように饒舌《じょうぜつ》になった。どうやら郷土愛がかなり強いようだ。

それによると、砥部焼は夫婦喧嘩《げんか》で投げつけても割れないという逸話《いつわ》もあるくらいずっしりとした重量感があり、素地が細かい土を通常よりも高い千三百度で焼くことでその強度が生まれるという。

讃岐《さぬき》うどんの容器としてよく使われるそうで、そういえばどこか親しみがあった。

「これも友達が職人をやっていて、特別につくってもらっているんです。こだわってるでしょ」

得意げに言ったあとにはにかんだ。

「テイクアウトのお客さんには百均の紙コップですけどね」

重ねた笑い声は周囲の蝉《せみ》の声にも負けていなかった。

ふと、防波堤の前に設置してある案内板が目に入った。海岸利用に関する注意事項についてのものは、最近設置されたのか眩《まぶ》しく太陽を反射させていたが、その隣に錆《さび》だらけの小さなものもあった。

興味が湧いて、コーヒーカップを持ったまま近づいてみた。古いものらしく判読が難しい文字もあったが、横に並んだ春香が要約してくれた。

千々布村の由来になっているこの千々布ヶ浜は、瀬戸内に飛び出した半島の入江にあり、幅は約一キロメートル、干潮時には四百メートル前後の砂浜が出現する。朝夕の凪《な》いだわずかな時間に潮溜まりができていると、鏡のように空を反射することから〝鏡浜〟とも呼ばれているという。

「コツはね、水面ギリギリにカメラを構えることなの。たとえば……」

自身のスマートフォンを操作し、手渡してくれた。そこに表示された写真は、夕焼け空と砂浜を歩く人のシルエットが上下に鏡映しになっていて、まさにウユニ塩湖のようだった。

「すごい。あとで僕も撮ってみよう」

「でも、今日の夕方は満潮だし、風が強そうだから微妙だけどね」

続けて、観光推進協会会長らしく説明する。

この稀《まれ》な遠浅の地形から、終戦時には米軍が基地建設のために接収しようとしたが、村民らの抵抗《ていこう》で撤回《てっかい》させたという。

「えっ、そうなの？」

草野が思わず声を上げたのは、その中心になった当時の村長というのが、春香の祖父だったからだ。

「そうなんです。割と早く亡くなっちゃったみたいで、私は会ったことはないんですけどね。当時の住民たちからは米軍を退けたヒーローのような扱いをされていたって母に聞いたことがありますよ」

終戦時、旧日本軍の基地や周辺の土地などが連合軍によって接収されたが、それは強制だったはずだ。それを村長が住民をまとめて反抗したとは珍しい。

これは面白そうな記事が書けそうだな、とぼんやり考える。なんならこの看板の文言をそのまま書き写しただけでも体裁《ていさい》が整いそうだ、と邪《よこしま》な考えが頭をよぎった。

「ちなみにお母さんもこちらに？」

「ああ、母はもう亡くなりましたよ」

あっさりと言われた。

「あ、すいません」

「いえいえ。ちなみに父親は私が高校に入る前に村を出て行ってそれっきりなので、天涯孤独《てんがいこどく》なんです。あ、違った。まだ伯父《おじ》が存命でした。道後《どうご》温泉で旅館やってます。勝手に死んだことにしたら怒られちゃうな」

ははっと笑ってみせた。

「で、どうします？」

「どうとは？」

「取材ですよ、何から調べます？　観光推進協会会長として全面的にバックアップしますので」

「えっと……どうしましょう」

春香は、本当に村の魅力《みりょく》を伝えてくれるのか、と若干不安げな顔になり、助け船を出した。

「とりあえず、この村の資料館に行ってみたらどうですか？　村役場の一角にあります。敵兵の血を吸った軍刀も展示されていますよおー」

最後はおどろおどろしい言い方だったが、目尻は笑っていた。

村役場までは一キロメートルほどの距離ということだったので、歩いて向かうことにした。

県道沿いに集落はあるものの、商業施設は見当たらない。そういえばコンビニの類も見ていなかった。

かぼす畑に囲まれたバス停の時刻表に目をやれば、一本逃すと次は二時間後という時間帯もある。

しかし、犯罪者を追って東京の街を走り回り、休日でも完全には心を休めることができなかった身としては、不便かもしれないが、こうして朽《く》ちかけたベンチに座っているだけで安らぎに似た感情を得られるのは心地よかった。

さて、と膝を両手でつき伸ばしながら立ち上がった。

役場に続く坂道を登っていると、前から腰の曲がった老婆が歩いてくるのが見えた。

「こんにちは」

直前まで老婆は草野を認識していなかったのか、声をかけると驚いたように足を半歩引いた。それでも挨拶《あいさつ》を返そうかと口を開いたが、相手が知らない男だったからかもしれない、表情を強張《こわば》らせ、ふたたび下を向いて歩き去った。

驚かせてしまったかなと思いながら役場に向かって足を進めるが、ふと気になって振り返ると、どこにいたのか、老婆の元に別の老人が二人ほど駆け寄ってなにかを話していた。そしていまは三十メートルほどの距離が開いていた草野に、一斉に視線を向けた。

その目は、警戒《けいかい》するような、突き刺さすようなものだった。

草野は曖昧《あいまい》な笑みを返し、先に進む。やがて現れた村役場は築五十年くらいの鉄筋コンクリート製の二階建てで、正面を入るとカウンターの中の四名ほどの事務員が顔を上げた。

役場というよりは、地方の郵便局の装《よそお》いだった。

一番近くにいた男に声をかけた。このなかでは一番年長者だった。

「あの、資料館があると聞いたのですが」

一瞬、空気がざわついた気がした。

「あ、資料室……だったかもしれません」

「はい……お約束のほうは」

約束？　予約制とは聞いていなかった。

「いえ、すいません、していません。三好さんにうかがって。えっと、観光推進協会の……」

「ああ、ひょっとして鏡浜の取材をされているという？」

「そうです、そうです。私は草野と申します」

「ちょっと……お待ちください」

春香からの連絡は入っていたようだが、これまでさまざまな考えを持つ人間と接してきた刑事の職業病なのか、表面上の言葉だけでなく、表情の裏側までを探ろうとしてしまう。なんとなくだが、あまり歓迎されていない気がした。

外部の人間が訪れることがそもそも珍しいのだろうか。

男は電話で誰かと話をしながら、何度か頷いていた。そして電話を置くと「すぐに参りますので」と草野に待つように言った。

ありがとうございます、と言ったものの、〝参る〟とは？　学芸員でもいるのだろうか。

すると横手にあった階段から痩身《そうしん》の男が下りてきた。半袖《はんそで》シャツに赤ネクタイ。年齢は八十代くらいかと見積もったが、背筋はシャンと伸びて活力がみなぎっている。

「お待たせしました。こちらへどうぞ、ご案内します」

なんとも表現しづらい視線に見送られながら、赤ネクタイの男に続いて二階に上がる。階段を上る足取りもしっかりしていて、どことなく武芸者のような印象を受けた。

会議室、大会議室のプレートを付けた扉の前を通り抜け、突き当たりの部屋へ。そこではっとした。

そのドアには村長室と書かれていた。

取材という言葉がひとり歩きして、来賓《らいひん》の扱いをされているのだろうかと心配になった。

「こんなになにもないところへ、ようこそいらっしゃいました」

案内役の男がノックもせずにドアを開ける。そこで気づいた。

「あの、ひょっとして村長さんでいらっしゃいますか」

「ええ、そうです。申し遅れました。小俣《おまた》と申します」

名刺を差し出されたが、草野は持っていないので、ただ名乗るにとどめた。

「お忙しいところ恐縮です。資料館をぐるっと見るだけのつもりでして」

「ええ、承知しております」

通された村長室の一角にガラスケースと、壁に写真や測量地図などが貼《は》られていた。

「どういうふうにお聞きになったのかはわかりませんが、資料館というよりも、資料コーナーといったほうがいいかもしれませんね。なにしろなにもない村ですから、お見せできるのはこのくらいなのです。ご執筆の糧《かて》になれば良いのですが」

「いえ、こちらこそ、急に押しかけてしまって申し訳ありません」

気後れしてしまう状況だったが、小俣は丁寧に説明してくれた。

千々布村は香川県唯一の村で現在の世帯数は二百余り、人口は五百人ほど。一昨年・昨年と二年連続で出生数0《ゼロ》を記録し、過疎化が著しい。東京ディズニーランドの約三百個分の面積があるが、民家は山と海に挟まれたわずかな平地にあり、可住地面積は三％ほどで、全国でも最小の部類に入る。

そして、隣接する三豊《みとよ》市との合併《がっぺい》を来年に控えているという。

春香の祖父にあたる三好仁《じん》が戦後期の村長を務めたあと、小俣の父親が引き継ぎ、現村長の小俣雅英《まさひで》は八期連続だという。

「戦後にこの村ができてから村長は三代目ですが、私で終わりです。今度の合併は最後の仕事ですよ」

草野は頷きながら、壁の写真を見渡した。そこに写し出されているひとびとの営みや風景は、写真がモノクロというだけで、現在だと言われても違和感がなかった。時代から取り残されたような、変化に乏《とぼ》しい村だったのかもしれない。それだけにこの村のコミュニティの団結の強さは想像できるし、外部からの侵入者である草野に対してある種の警戒感を持つのは理解できた。

「なにしろ、サイクリストが村に迷い込んだだけで通報するひともいるくらいでして」

小俣が白髪《しらが》頭を掻き、草野は苦笑する。

やがてガラスケースの中の一品に目が止まった。

「これは、軍刀ですか」

一メートルほどの長さがあり、時代劇で見るようなものとは異なり、黒漆《くろうるし》塗りの鞘《さや》に黄金色の金具の装飾が施され、桜花《おうか》の紋様《もんよう》も見てとれた。

「ええ、太刀《たち》型軍刀と呼ばれるものです。初代の三好村長が海軍の将校准士官だったそうで」

「ああ、なんでも敵の血が刃に残っているとか」

春香の話を思い出して言うと、小俣は笑った。

「あのお嬢さん、いつも話を盛るんですよ」

草野も笑いながら、再度、壁に貼られた白黒写真をざっと眺めた。

「ちなみに、どの方が三好村長なのですか」

そういえば、歴代の村長の写真が並んでいてもよさそうだが見当たらなかった。何枚かある集合写真の真ん中にいる人物かと思ってみたが、どうも違う。

「先代の私の父は、ところどころに写っていますが……いやぁ、初代の村長はここにはないですね……」

戦後すぐとはいえ、写真くらい残っていそうなものだが。

「写真があまり好きじゃなかったのかな。そういうひとっているでしょ、魂が抜き取られるとか。まあ合併に備えて過去の書類なんかも倉庫にまとめてしまったので、その中にあるかもしれませんが」

小俣は遠い記憶を遡《さかのぼ》るかのように、柔《やわ》らかな表情になった。

「私の父と三好村長は仲がよかったこともあって、子供の頃はよく遊んでもらった記憶があります。しかし若くして亡くなられたからかもしれませんが、そういえば写真は見たことがないですね」

「若くして、ですか」

そこで小俣は、ハッとしたような表情を浮かべたまましばらく固まっていたが、すぐに口角を持ち上げると、開いた手のひらの上に人差し指で数式を書くような仕草をした。

「ああ、すいません。確か六十歳くらいで亡くなったと記憶しています。若いと言っても私から見たらというだけですね。いつの間にか、あのひとの年齢を追い越していたんだなと思ってしまうと感慨深いものです」

なるほど、と頷きながら他の資料や写真を見てまわるが、特に気になったもの――つまり記事にできそうなものはなかった。

草野は礼を言うと、小俣とともに一階に戻る。

「ところで、いつまでいらっしゃるご予定なのですか」

まったく考えていなかった。

これまでも、街から街へ旅をしてきたが、気に入った場所であれば数日、留まることもあった。

ただ今回は、そろそろ本当に記事を書かなければならないという危機感もあった。

大塚が、なんの実績もない草野に作家としてエージェント契約《けいやく》を申し出てくれたのはまったくの厚意だ。草野が退官するに至った経緯《けいい》を知って、手を差し伸べてくれたのだ。

「伝えたいことを適切に言葉にするのは、感性であり技術だ。感性については、道具や知識はいらない。技術についてはそれなりの作法が必要となるが、まずやってみないと身につかないし、そこはサポートできる」と大塚は言ってくれた。

その厚意に応えたいという気持ちを強く抱えながら、ふたたびカウンターに戻ってきた。職員たちが、どこか探るような目でこちらを向く。

「記事が書けるまでですかねえ。一週間くらいでしょうか」

素直にそう言った。

「おお、そんなに？」

小俣の意外そうな声に、思わず恐縮する。

「あ、すいません、ご迷惑ですよね」

「いえいえ、そうではなく、食事できるところとか、温泉とか、この村は本当になにもないんです。ですから、こちらが申し訳ないというか」

「いえ、ここは本当にいいところですよ。移住したら穏やかに過ごせそうです」

社交辞令半分で言うと、また空気がざわついた気がした。

「香川なら、観音寺市や丸亀市《まるがめ》、あとはなんだかんだで高松市《たかまつ》がおすすめですよ。都会の方は、こんなところに住んでしまうとなにかと不便だと思われるようでして」

あまり歓迎されていないような雰囲気に戸惑《とまど》いながらも、草野は、そうなんですかね、と曖昧に笑いながら、村役場を後にした。

どことなく感じたモヤモヤ感の理由は、春香が教えてくれた。

「この村の住人って、すっごく閉鎖的なの」

砥部焼のマグカップとパニーニをテーブルに置きながら言った。

春香の自信作というチーズたっぷりパニーニはコーヒーとセットで七百円だが、東京のカフェならば軽く千円を超えてくるだろうというクオリティがあった。

「だから、私がいくら『観光に力を！』なんて言っても盛り上がらないの」

「そうなんだ。移住の話をしたら、なんだか迷惑そうな空気だったものな」

春香は、あちゃー、と言いながら、村を代表するようにぺこりと頭を下げた。

「それ、ほんとにごめんなさい。実は前も……」

パニーニを口に運ぼうとした手を止めた。

「前も？」

「あ、いえいえ。なんでもないです」

「え、気になるなあ」

「でも食事中にする話でもないし」

「えっ!?」

春香は、しまった、と頭を抱えた。

食事中にできない話とは聞き捨てならなかった。

ややあって、春香は観念したようにため息をついた。

「いえ、その……。実はこの村に移住してきたひとがいたんですよ」

草野は頷いて先を促した。

「芸術家の方で、作品に使ういい竹が取れるのと、村の雰囲気が気に入ったって。でも、住民とはうまくいかなかったようで……」

移住者が、移住先の文化やルールに馴染《なじ》めずトラブルになることがあるというのは聞いたことがあった。

「そのひとが、移住トラブルなんかをＳＮＳで発信してたものだから、余計に……」

「なるほど。どちらが悪い訳でもないでしょうが、むずかしい問題ですよね。それで、出て行ってしまった？」

春香はそこで答え辛そうにソワソワと体を捩ったが、意を決したように言った。

「それが、亡くなったんです。事故で」

「えっ⁉　なんでまた」

「その、トラブルの原因のひとつが、山林への無断立入でした。作品に使う竹を求めていたようですが、住民は危ないからやめろと言っていたんです。でも、それを単なる嫌がらせだと感じちゃったようで、聞く耳持たずで深いところまで分け入って、崖《がけ》から転落してしまったんです」

深いため息が重なった。

「その山は、梅雨《つゆ》の長雨の影響もあって、あちらこちら崩落《ほうらく》したり、地盤が緩《ゆる》んでいたりしたところがあったんです。でも草木が覆《おお》っているとそうは見えないところもあって、事故にあったようです。それで、亡くなったという後味の悪さに加えて、都会風をふかし、地元の意見を聞き入れてくれない移住者はトラブルの元だ、と余計に閉鎖的になってしまって。でも村民も、責任というか後ろめたさも感じていて……」

危ないからと、親切心で言ったことが裏目に出てしまったということなのだろう。

「そんなことがあったんですね」

パニーニをひとかじりして、コーヒーで流し込む。そしてふと思った。

「それって、いつのことですか？」

「二週間前です」

「あ、割と最近の話なんだ」

どうりで皆の反応が敏感《びんかん》だったわけだ。

「ほら、でも。それは山の話で、この村のウリはこの海ですから！　だから記事には……」

「書きませんよ、そんなこと」

春香はふぅっとため息をついた。

「ていうか、これ旨《うま》いね」

「村の野菜とか、名産のかぼすを隠し味に使っているから爽やかでしょ」

草野は同意の頷きをしながらパニーニを平らげると、コーヒーを飲んだ。それから背伸びをしながら夏の陽光を反射する海を眺めた。

今日は風が強い。鏡映しの夕焼け空を見るのはおあずけになりそうだ。


夜は隣町の観音寺に向かった。なにしろこの村には食堂やコンビニがない。それならばと、観光がてら琴弾《ことひき》公園に向かった。

標高七十メートルほどの小さな山の上に展望台があり、有名な銭形《ぜにがた》砂絵を望むことができる。これまで旅行らしいことをしてこなかったので、こういった観光名所にやってくるだけで人並みになれた気がした。

しばらくはぼんやりと眺めていたが、日が暮れるとライトアップされることもあってか、恋人たちも多く訪れるようになった。すると独り者の草野は途端に居心地が悪くなり、早々に退散した。

その後、市内まで下りてくると、目に入った中華屋で夕食を取ることにした。肉野菜炒《いた》め定食、八百五十円。

昭和から続くような店構え、油にまみれたメニュー。丸椅子がガタついているのは、脚が曲がっているからなのか、それともコンクリート打ちっぱなしの床が凹《くぼ》んでいるからなのか。

草野が座るカウンターは六名分の椅子があったが、一番端は電話と物置き場になっている。背後には四人掛けのテーブルが二台押し込まれていて、背後に人が通るたびに前屈《まえかが》みにならなければならないほどの手狭《てぜま》さだった。

しかし、決して不快ではなかった。

刑事を辞め、生きがいをなくし、後先考えずに旅に出た。気持ちの整理がつけばすぐに東京に戻るだろうと思っていたが、ことのほか旅は心地よかった。

このままの生活でもいいかと思う半面、稼《かせ》ぎがなくては生活できないという現実もある。

スマートフォンを手に取り、メモ帳アプリを開いた。散文が支離滅裂《しりめつれつ》に並んでいる。

かろうじて無職ではないと言える根拠がライターという肩書なのだが、まだかたちになったものはない。

今回の鏡浜では、書けるだろうか。

その場で頭を捻《ひね》ってみたものの気の利いた文章が出てこなかった。

あの美しい光景を文章で適切に伝えることができるとしたら、それはきっと、詩人の類なのだろう。

鼻息を吐き、定食を平らげて席を立つ。レジで会計をしながら、忘れ物を確認するふりをして背後に目をやった。

さっきからやたらと視線を感じていた。自分の直後に店に入ってきた男三人組で、楽しく団欒《だんらん》をするでもなく、こちらを窺《うかが》っていた。

客のほとんどが地元民で占《し》められるような店だから異端児《いたんじ》扱いされているのかもしれなかったが、どうも嫌な予感がした。

釣り銭を受け取り、外へ出た。周囲の畑からはネギの匂いがかすかに鼻をついた。

ここに来る時、町内の掲示板に〝弘法《こうぼう》ネギ〟の表示を見た。その産地なのだろう。

草野は駐車場には向かわず、そのネギ畑の横を歩いた。隣のビニールハウスの中はトマトか……と、さりげなく後ろを窺うと、やはり、みっつの影がついてきていた。

偶然、帰り道が同じだった。たまたま畑に用事があった。などのポジティブな理由を考えようとしたが、どれも不自然で、草野はため息をついた。

そして立ち止まり、その影に向き直った。

警察だ、とひとこと言えば、目的を聞き出すこともできただろうが、いまはただの観光客だ。丁重《ていちょう》におうかがいするしかない。

面と向かえば多少は躊躇《ちゅうちょ》するかと思ったが、男らは意を決したかのように、むしろその歩みを若干早めながら近づいてきた。明らかに好戦的な、歪《いびつ》な笑みを浮かべている。

左から、二十代の坊主、三十代のポロシャツ、四十代の野球帽。それぞれガタイはいい。実際に屈強だろう。ただ、喧嘩《けんか》をふっかける輩《やから》としては素人《しろうと》に見えた。つまり、たんなる町の力自慢……。

「あんた、よそのひとかい？」

坊主が言った。

「ええ、そうです。地元の方ですか？　どうも、こんばんは。ここはいいところですね」

畑の真ん中で街灯もないが、満面の笑みで返してやった。

野球帽が一歩距離を詰めた。

「素敵な旅の思い出をつくってね、と言いたいところだけどよお、うちらはあんたが気に入らないんだわ。目障《めざわ》りだからとっとと失《う》せてほしい。別に観音寺は最低だって思ってもらっても構わん」

ポロシャツの左腕がすっと伸びて草野の胸ぐらを掴むと、拳《こぶし》を握った右手を弓のように引きしぼった。

その拳が顔面に向かって飛び出す瞬間、草野はその左腕に、自身の右腕をロープのように素早くかつ大きく外から回して巻きつけた。そして半周したところで男の肘《ひじ》は本来曲がらない方に押し付けられ、胸ぐらを掴んでいた握力の限界を超えてしまう。あっさりと離れた男の手首を肩で押し上げつつ、肘を外から下に押さえた。

関節を極《き》められた男はたまらず膝をついた。

視界の隅で坊主頭の回し蹴《げ》りが飛ぶのが見えた。

草野はポロシャツを突き飛ばし、坊主頭に体を寄せる。

回し蹴りのような回転運動の場合、中心は移動量が少ないために威力《いりょく》はない。そのまま足を抱え込んで押し込んでやると、あっけなくバランスを崩した。しばらく片足飛びで耐えていたが、股間《こかん》を蹴り上げると、たまらずによろけ、そのまま用水路に転落した。

背後から突進してきた野球帽を闘牛よろしく体を回転してかわすと、足をかけて転倒させて、ネギ畑に頭から突っ込ませた。

一分ほどの出来事で、息をきらせてすらいない草野に、男たちの戦意は喪失《そうしつ》したようだった。

三人は示し合わせ、とぼとぼと去っていく。その背中に声をかけた。

「いい旅の思い出になったよ。観音寺最高！」

2

「そんなことないんじゃなーい？」

翌朝、コーヒーを淹《い》れる春香に、観音寺の連中もよそ者が嫌いなのか、と訊《たず》ねた際の答えだ。

「観光客嫌いなら、わざわざ手間かけて銭形砂絵なんて整備しないわよ。それに、あそこはお遍路《へんろ》の通り道だし。六十八番神恵院《じんねいん》と六十九番観音寺《かんのんじ》。よそ者お断りなんて成立しない街よ。なんかあったの？」

草野は頭を搔く。

「いやいや、ちょっと気になっただけで」

蝉の声は朝から響き渡っていて、海の向こうには入道雲。鏡浜は満潮のようで、広大な砂浜が幻《まぼろし》だったかのように、いまはたえず寄せるさざ波が太陽を反射し、本格的な夏の到来を見せていた。

鏡の浜辺を想像させないいまの海の姿に、ふと、この風景をひとの心に喩《たと》えたらどうだろうかと考え、メモ帳アプリを開く。

たとえば——どんなに荒くれなひとでも、心安らかな瞬間がある。

いや、愚文《ぐぶん》だ。

つまり——悟《さと》りを開いたかのような人徳者と対する時にハッとさせられるのは、まるで鏡の中に本当の自分を見ているように思えるからだ……とか？

草野は自分の文才のなさに頭を抱えた。

こんなことで収入を得られるのか、と人生の先行きに不安を覚えていると、背後の公園駐車場に一台の車が入ってきた。黒のクラウン。なにげなく眺めていて、おやっと思う。車から降りてきた男に見覚えがあったからだ。

きっと、空似《そらに》だろう。

そう思った。自分の人生において最も暗部に関わる人物が、東京から遠く離れたこの場所に現れるはずはない。

しかし目をその男から離すことができない。Tシャツでも汗ばんでしまうほどのこの環境ですら涼しげにスリーピースのスーツを着こなし、髪はオールバックに固めている。

そういえば〝あの男〟も爬虫類のような冷たい顔の持ち主だったが……。

男は駐車場を回り込んで海岸に下りると、こちらに向かって歩いてくる。

草野は立ち上がった。その男が一歩近づくごとに確信に変わっていくからだ。

でもなぜ……。

ふたりの距離が二十メートルほどになった時、男も顔をしかめた。横長の細い銀縁《ぎんぶち》メガネを通して、三白眼の鋭い視線がレーザーのように突き刺してくる。

そして、キョトン顔の春香を挟んで、立ち止まった。

「草野……さん？」

他人の空似でなかったことに、草野はひどく落胆した。

「白羽《しらは》警視正……なぜここに」

「あのぅ……」

春香が発言を求めるように小さく手を挙げ、戸惑い気味に言った。

「お知り合いですか？　えっと、コーヒーでも？」

それで固縛《こばく》の呪文《じゅもん》がとけたように白羽は頭を下げた。

「ありがとうございます。草野警部補とは以前警視庁で――」

「警部補⁉」

春香が頓狂《とんきょう》な声を上げた。

「草野さんって、警察官なんですか⁉　ライターじゃなく⁉」

「ライター⁉」

呼応《こおう》するように、今度は白羽が声を上げる。

草野はこの状況に戸惑い、体内の空気を全て吐き出すように長いため息をついた。

そして、まずは白羽を指し示した。

「こちらは白羽雅《まさる》警視正。警察庁の……あれ、いまってどちらに？」

「中国四国管区警察局総務監察・広域調整部の首席です」

「だそうです」

それでも白羽の属性を摑みきれないのだろう、春香は注意深く頭を下げた。

「俺は、警視庁捜査一課の刑事だったけど、いまは退職してる」

「それで、ライター？」

今度は白羽が眉をしかめた。

「あの一件があってから旅に出ていますが、働かないでいられるほどの蓄《たくわ》えもないので」

とはいうものの、まだ一度もライターとしては収入を得ていない。

「ま、金に困ったら警察の裏話を切り崩していきますよ。不祥事《ふしょうじ》を含めて警察のネタはやまほどあるので」

嫌味を言うと、白羽は目尻を震わせた。

「それで、白羽警視正は……あ、もう警察組織は関係ないし、確か年下だもんね。で、白羽くんはなぜここに？」

警視庁にいた時は、キャリアたる白羽と草野の階級は雲泥《うんでい》の差があった。そんな白羽と関わったのは一度きりだ。

つまり、草野がそれまで情熱を傾けてきた刑事という職を辞することになるきっかけになった人物なのだ。嫌味のひとつも言いたくなる。

そんな不穏《ふおん》な空気を感じ取ったのか、春香はあえて明るい表情でコーヒーを淹れ、テーブルに置いたそれに誘われるように白羽もテーブルに着く。

「とある捜査ですよ。民間人のあなたに話す理由はありませんが」

その冷たい言い方に、当時のことが思い出されて草野は奥歯をそっと噛んだ。

「捜査における私の信条はご存知のとおり、〝偶然は信じない〟です。内心、懐疑的《かいぎ》に思っていた案件ですが、あなたがここにいたことで確信に変わりましたよ」

「俺があなたの事件に関わっているとでも？」

白羽が上半身をぐっと寄せる。

「ええ、そう思いますね」

草野は、こんな滑稽《こっけい》なことはないとばかりに笑ってみせた。なにしろ、自分に心当たりがないのだから、白羽がなにを言おうがハッタリであることがわかりきっている。

「なんのことやら。しかし、こうやって冤罪《えんざい》って生まれるんだって実感できるね。偶然を信じない、ってだけで旅行者を犯人に仕立てちゃうんだ」

もはや喧嘩腰だった。

「草野さん、私が調べているのはね、殺人事件なんですよ」

それは脅《おど》しをかけ、容疑者を動揺《どうよう》させるような低くドスの利いた、その細身の体から出たものとは思えないような声だった。

「その事件に俺が？　はは、馬鹿馬鹿しい――」

そこでふと昨夜のことが思い起こされた。

観音寺で軽い乱闘《らんとう》にはなったが、怪我《けが》をさせるほどでもなかったはずだ。

しかし、その後なんらかの事情で命を落とすことがあり、あの乱闘を目撃《もくげき》した者がいたとしたら、草野に目が向いてしまうこともあるかもしれない。

刑事だった頃の癖《くせ》というべきか。一瞬のあいだにそんなストーリーが出来上がってしまった。

そしてハッとする。

目の前で白羽が邪《よこしま》な笑みを浮かべていた。ほんのわずかな表情の揺らぎを見られてしまったのだろう。

「なんだか知らないけど、俺は関係ないよ」

「まあいいですよ、いまは。それで、あなたはいつからここに？」

「その職務質問は任意だよね。なら答える必要はないね。次は令状でも持ってきて」

「ただ、ひとこと答えるだけで容疑を晴らせるチャンスなのに、そうできない理由があるのであれば、より疑いを深めることにもなりますが」

草野は思案した。白羽がなにを探っているのかはわからないが、確かにここで不用意に疑いを抱かせてもいいことはない。

「昨日、正確には未明。車で移動していたところ大雨に遭遇《そうぐう》。ここの駐車場に退避していた。車はあそこ」

振り返って、心配げに主人を見守る犬のようなハイエースを示した。

「あそこで寝泊まりしているんですか」

「まあ、安上がりなんで」

「それを証明できるひとは？」

春香に目をやる。

「え、えっと、私が朝七時くらいに来た時には、すでにあの車が停まっていました。それ以前はわかりません」

白羽はしばらく春香を値踏みするような視線で眺めた。まるで高性能なロボットがレーザーを照射してスキャンしているようだった。

そしてまた草野に向き直る。

「ここ数週間のあなたの行動を証明できる人を全て教えてください」

そんなことを言われても、根無し草のような生活をしてきたので、誰も証明できる人はいない。あえて言うなら……。

「身元保証人っていう意味？」

「ええ。あちらこちらを旅して回っていることの正当性を証明してくれる人です。えっと、名前はなんて言いましたかね。あなたとお付き合いをしていた女性刑事が所《しょ》轄《かつ》署にいましたよね。いまも連絡を？」

草野は瞑目《めいもく》する。もう別れたとはいえ、彼女に連絡するのは勘弁してほしい。刑事を辞めても、充実した人生を送っていると思われたい。

「あえて言うならば……」

草野はある女の名を出した。不本意ではあったが、他に選択肢はなかった。

上村綾子《かみむらあやこ》は、神田小川町《かんだおがわまち》にある有名ラーメン店の行列に並んでいた。いつも長い行列ができるので諦《あきら》めていたが、今日は行列が短く最後尾に吸い寄せられたのだった。

待ち時間はすでに二十分が過ぎていたが前に並ぶのはあと三人。あと十分以内に店内に入ることができれば、名物のラーメンを堪能《たんのう》し、オフィスに戻る前にコンビニに寄るだけの時間を確保できる。

さて、このランチの激戦区で、常に高評価を得ているラーメンとはどんなものかと、スマホをいじりながら待っていた。

グルメサイトでは星四つをキープし、ラーメンに特化したランキングでも常に上位に鎮座《ちんざ》している。スープが切れた時点で閉店となるため、仕事が終わる時間は暖簾《のれん》が仕舞《しま》われていることが多い。

アラサーになって背脂系はもたれてしまうこともあるが、食欲をそそる素材でもあるのか無性《むしょう》に食べたくなる時がある。それがいまだ。

また一人前に進んだ。テーマパークの順番待ちをする時のワクワク感となんら変わらない気持ちだった。

長い髪に手櫛《てぐし》を入れ、頭皮とうなじに空気を送り込む。梅雨がそろそろ明けようかというこの時期は、太陽からだけでなく、アスファルトからの輻射熱《ふくしゃねつ》も強い。

そこにスマホが着信を知らせた。ディスプレイを見ると知らない番号が表示されていたので無視しようかと思ったが、ひょっとしたら取引先からかもしれないと、応答ボタンをタップした。

「えっ警察？」

名乗った相手が予想外で、思わず口をついてしまう。列に並ぶひとたちの耳が一斉に自分に向いた気がした。

『はい。中国四国管区警察局の白羽と申します。少々お時間を宜《よろ》しいでしょうか』

また列が進む。あと一人だ。

「はい、あの、どういったことでしょう」

綾子は警察と関わるような心当たりはいっさいなかった。しかも、四国はこれまでの人生でいまだ未踏《みとう》の地だ。親類縁者もいない。

『お尋《たず》ねしたいのは草野誠也さんという男性についてなのですが、ご存知でしょうか』

誰だっけ。

職場？　親戚？　友人……あ。

すぐには思い出せなかったが、確かに知っている人物だった。ただ、会ったのは一度だけでそのあともメールを数往復しただけなので、雑多な日々の業務に埋もれて、その存在を忘れてしまっていた。

「弊社と取引のあるライターさんのことでしたら……はい、存じております」

確か元刑事の男だ。

綾子が勤務するマッキントッシュエージェンシーは、フィクション、ノンフィクション、自己啓発《けいはつ》などを手がける作家のエージェント会社だ。

作家のエージェントとは、作家の代わりに企画や原稿を出版社や新聞社などへ売り込むという、欧米では一般的なビジネスモデルだが、日本ではまだ例は少ない。

草野については、社長の大塚がかつて世話になっていたとかどうとか言っていた。これから執筆をしてもらうということで、担当に任命されたのが綾子だった。

通常は実績のある作家とエージェント契約を結ぶので、草野のようなケースは稀《まれ》だった。大塚は、刑事生活の体験談などの記事をそのうち書いてほしいと言っていたが、草野がしばらく旅に出たいと言っていたので、ならば旅行記をエッセイのようなかたちで書くところから始めてみる、ということで話がまとまっていた。

特に締め切りは設けていなかったが、そろそろ企画書なりエッセイなりを送ってもらう頃かなとは思っていた。

『彼がいまどこでなにをしているか把握されておられますか？』

「いえ……。最後にメールでやりとりをしたのは一週間くらい前でしたが、その時は、どこに向かうとかは言っていなかったと思います。なんといいますか、勝手気ままというか、フーテンというか、デラシネというか」

『デラシネ？』

「ああ、根無し草のことです。お池に浮かび、風に吹かれるままに移動して隅っこで固まるような」

『つまり、彼の具体的な行動については、証明はできないということですね』

念押しするような声に綾子はたじろぐ。それって……。

「アリバイってことですか？」

『まあ、そういうことになりますね』

店のドアが開き、店員が顔を出し、どうぞ、と手招きする。

ああ、もう。

綾子は頭を下げて列を離れた。

「どういう状況なんですか」

『詳細はお話しできませんが、ある案件を調査しておりまして、草野さんの行動を証明してくれるひとを探しております。本人は、あなたが一番近い方だと』

ええっ？　ロクに話したことないのに。

それなら旧知の大塚のほうが、と思ったが、いまは海外出張中で、連絡は取れないのだろう。

てか、あたしを指名するって、交友関係が狭すぎではないか。

振り返ると、ラーメン店の行列は再度並ぶ気が失せるほど長くなっている。

炎天下であんなに待ったのに。

草野に対して怒りにも似た感情が湧いた。

ただ心のどこかで、もし草野が事件に巻き込まれた、もしくは事件を起こしたとしたら、不謹慎《ふきんしん》ながら面白そうだなとも思ってしまう。

「すいません、草野さんの行動について、詳細は私のほうではわかりません」

『そうですか、お手数をおかけいたしました。またご連絡させていただくかもしれませんが、よろしくお願いします』

電話口の男は、アリバイを証明できなかったにもかかわらず、心なしか、喜んでいるようにも感じた。

つまり、草野を犯人として見ているのではないか……。

綾子はオフィスに足を向けながら草野に電話をかけた。

『はい、草野です。すいません、いま連絡がいきましたよね』

「ええ。それでどういう状況なんですか？　ひょっとして逮捕《たいほ》とかされてません？　弁護士とかいります？」

『まさか。私はなにもしてませんよ』

ちぇ、逮捕とかされていたら面白かったのに。

犯罪者の手記は意外と売れるのだ。元刑事となればなおさらだ。

「で、いまどこなんですか」

『香川県の千々布村というところなんですが、さっきの白羽というひとがしつこくて』

「なにやらかしたんです？」

『なにもしていませんって』

「それにただの警察じゃなさそうな部署でしたよね。なんか、特殊なケースを捜査してそうな」

『なんか……』

「なんです？」

『上村さん、前のめりですね』

綾子は小さく咳払《せきばら》いをする。

「そんなことないですよ。草野さんが心配なだけです」

『楽しんでそうに聞こえますけど』

確かに担当を押し付けられた時は乗り気ではなかったことは否《いな》めないが……。

「とにかく、大丈夫なんですね？」

『まあ、とりあえずいまのところは。僕もまだ状況がよく呑み込めていないので。落ち着いたら、あらためてご連絡させていただきます』

「わかりました。では企画お待ちしてますね」

電話を切ると同時に、胃袋が抗議の声を上げるように鳴った。

絶品ラーメンを逃してしまった。とりあえず、今日のところはコンビニで済まそう。


白羽が草野の車を調べているのを、苦々しい思いで見ていた。

なんの捜査なのかは知らないが、勝手に消えられたら困ると、車のナンバーを控え、ついでに車内を調べている。

車中泊旅をする草野にとって車は家と同じだ。それを探られるのは家宅捜索《そうさく》されているようなものだ。

警察権力の名の下に、一方的に生活の全てを曝《さら》け出されるのは、ずいぶんと不公平に思えたが、これまでの自分もそうだったのだから、あまり文句も言えない。

車内に危険物はないが、キャンプ用のナイフや着火剤を見つけられたら、難癖《なんくせ》をつけて署に連行されそうだ。

「なにか因縁《いんねん》でも？」

春香がテーブルに肘をつきながら、同じように白羽を見ている。

「まあ、簡単にいえば、俺が警察を辞めることになったのは、彼がきっかけだったんだ」

ずるい言い方だとは思った。

白羽は当時監察官で、組織内の不正を調査していた。その過程で草野のある行動に目を付けた。

「あら、それは大変なひとと再会しちゃいましたね」

「まったく。もう会わないと思ってたのに」

「どこの警察署にいるんでしょ？」

「彼は町の警察署にいるんじゃなくて、本部の所属だね。中国四国管区警察局って言っていたから、広島駅前の庁舎だと思う。警察が行った様々な案件を見直して、不備や不正がなかったかを精査しているんだ」

「じゃあ、この村で起こったことについて、なにかを見つけたの？」

「わからないけど、幹部の身なのに、ああして自ら嗅《か》ぎ回っているのは異例だと思う。よほどのことがなければ……」

昨夜、因縁をつけられたのが、いかにも不自然に思えてきた。草野にはそれしか心当たりがない。

「実はね」

春香にそのことを話した。

「ええ、まじっすか」

春香は細く整えた眉根を寄せた。

「確かに血の気の多いひとはいるだろうけど、個人的には、観光客に絡《から》むなんてことは、いままで聞いたことがないなぁ」

「いま思うと、あれは誰かに差し向けられたのかもしれない。早く出て行けと言われてるみたいだった」

春香は白羽に目をやる。

「そして、謎《なぞ》の警察官が登場、と。確かにただごとではなさそう」

「この村には新参者に対してなにか都合の悪いことが？」

「あるわけないよ、こんな田舎《いなか》に事件なんて」

と春香は笑うが、それがしゅっとひっこんだ。

「どうしたの？」

「いえ、確かに事件とかはないんだけど、最近あった大きな出来事っていうと、例のアーティストの……」

「移住者が亡くなったっていう？　でも事故だったんだよね？」

「ええ。でも地元住民とのトラブルがあったことをＳＮＳで発信してたから、それを見た白羽さんが、村民が事故に関わっていたんじゃないかと疑って調べに来たとか」

あり得るだろうか、と草野は考えていると、白羽がこちらを向き、恭《うやうや》しくスライドドアを閉めた。所作まで嫌味たらしい男だ。

「ご協力いただきありがとうございました」

「いえいえ。無駄足《むだあし》、ご苦労様です」

こちらも嫌味を込める。

白羽はメガネのブリッジ部分を人差し指で持ち上げながらひと睨《にら》みすると、なにを言うでもなく背を向け、自身の車に乗って駐車場を出て行った。

「なにしに来たんだ、まったく」

「確かに。私に用事があったんじゃないのかな」

「たぶん、そうだったんだと思う。俺がここにいるのは知らなかったはずだから。春香さんに聞きたいことがあったけど、俺がいたから聞けなかった。つまり俺に聞かれると都合が悪いこと」

「もしくは草野さんが犯人だとわかったからそれ以上のことを聞く必要がなかった」

名探偵のように得意げな春香に肩をすくめてみせる。

「それで、なんていうひと？」

「なにが？」

「いや、だから事故で亡くなったっていう」

「ああ。奥田健《おくだけん》さんっていう、確か、主に竹を使ったアーティストだったかな」

スマートフォンで検索すると、すぐに出てきた。

東京都出身で、享年《きょうねん》五十五。三年ほど前、瀬戸内国際芸術祭の参加をきっかけにこの地を訪れ、それ以降、東京と行き来をしていたが、去年の春に移住している。

作品は竹を使ったものがほとんどで、『竹灯《あか》り』という竹を様々な模様でくり抜いたランタンや、細く裂《さ》いた竹を編んでつくる巨大なオブジェもあった。

「ほら、これ」

春香が自身のスマートフォンを手渡してきた。それは奥田が利用していたSNS

だった。作品の紹介や、展示即売会の案内などが主なものだったが、気になる文面もあった。

「地元住民との軋轢《あつれき》……安易に移住を考える人への警鐘《けいしょう》」

草野は目についたキーワードを読み上げた。

「そうなの。これを見た住民らが怒ると、それをそのまま公開してエスカレート。そんなのが繰り返されていたみたい」

大手ネットニュースサイトの移住特集でその記事が紹介されたこともあったらしかった。

「嫌な思いまでして、奥田さんは、どうしてこの地を離れなかったんだろう」

「さあ。いい竹が取れるからとは聞いていたけど、半分は意地なのかも」

「というと？」

「奥田さんと居酒屋で居合わせたひとの話だと、もし出ていけば自分に嫌がらせをしている連中を喜ばせることになるから絶対に出て行かないって言ってたみたい」

なるほどね、と草野はつぶやく。

移住者と住民がトラブルを起こすことはあるが、奥田の場合はかなりこじれてしまったようだ。

「小俣さんも仲裁《ちゅうさい》に入ってくれたみたいだけど」

「村長の？」

「そう。小俣家はこのあたりの大地主、昔からこの村の名士の家系。村長になる前から地域住民から尊敬されていたの」

草野はコーヒーに口をつけると、椅子を引いた。さっきまで日陰にいたはずだが、太陽が動いていて、いまはサンダル履きの足を焼いていた。

「でもなあ、事故で処理された案件を、どうして今頃警察が調べるのか理由がわからない」

「そうよね……あ、ひょっとして、奥田さんそのものとか？」

「つまり、奥田さんが別のなにかに関与していたとか？」

「そう」

「なにかって？」

春香は推理を披露《ひろう》する名探偵のように人差し指を立ててみせたが、後が続かなかった。

「わかんない」

草野は苦笑しながら空を見上げる。

「ちなみに、奥田さんの家ってどうなっているんだろう」

「まだそのままだと思う。あ、ねえ。この場合、家はどうなるの？」

「普通は家族とか遺言《ゆいごん》で指名されたひとが相続するはずだけど、誰も名乗りを上げなかったら国庫に帰属となって、最終的には自然に朽ち果てるか、危険なら行政が解体するかな。まあ、そうなるとしてもずいぶん先の話だろうけど」

「そうか。費用もかかるし、他に借りたいってひとがいなければ急いで処理をする必要もなくて放置しているのか」

「その家ってさ、どこにあるのかな」

「あ、捜査？」

「いやいや、もう刑事じゃないし。でもなんだか疑われちゃってる雰囲気もあるからさ、自分でも調べられることがないかなって。家の中には入れないけど、外から見る分には大丈夫ってことで」

「なるほど。んとね——」

春香はスマートフォンを操作し、地図アプリを表示させた。

それによると、県道を海と並行に歩き、途中から山道に入る。徒歩十分というところだろう。

草野はさっそく奥田の家に向かった。

軽自動車が一台通れるほどの坂道を登り、そこから葛折《つづらおり》の階段を上った先に、その家はあった。

高台にはあるが、覆い茂った緑によって眺望はない。

平屋の母屋《おもや》のすぐ裏まで山が迫っていて、その山林も合わせて購入したようだ。母屋と隣接するように納屋《なや》があり、おそらくそちらはアトリエに使用していたのだろう。窓を覗き込んでみるが、中は窺い知れなかった。

いまの時点で、わかることなどないが、事件捜査では原点に戻るのは基本だ。もし奥田の事故死または奥田そのものに疑念があるのなら、ここが原点になるはずだ。

草野は見渡しながら奥田の営みを想像し、この風景を記憶に留めておこうとすみずみまで視線を走らせた。

そこで思わず吹き出した。

誰かが奥田の死に疑問があると言っているわけでもないのに、こうして勝手に騒ぎ立てているのは、決別した刑事生活に未練を感じるからなのだろうか。

子供の頃によくやっていた『刑事ごっこ』をしているだけではないか。

草野は、首を小さく横に振った。急に酔《よ》いが覚め、シラフになったような心持ちだった。

なにをやってんだか、と自嘲《じちょう》し、コーヒーでも飲んで落ち着こうと思った時だった。砂利《じゃり》を踏む音がして振り返ると、白羽が門を通ってきたところだった。そして草野がいることに驚いたようだったが、すぐにいつもの冷静な顔に戻る。

「ここでなにを」

「あなたこそなにを」

ついさっき投げ捨てたばかりの陰謀《いんぼう》めいた考え——奥田の死は単なる事故ではない——がまた急激に復活してくる。

ここに白羽が現れたということが、なによりの根拠だ。

「私は仕事です。しかしあなたは違う。不法侵入ですか」

草野は鼻の頭を指先で掻く。

「この片田舎に有名なアーティストがいると聞いて、声をかけにきた単なる観光客かな」

「それで、誰かいましたか？」

「いや、留守みたいだね」

「では出て行ってください」

白羽は右腕をまっすぐに伸ばし、出口を指した。

草野は立ち去りかけて、足を止める。

「ところであなたは令状を？　持っていないならあなたも俺と変わらない。ここから出て行けと命令できるのはこの家の主人だけだ。ルールにうるさいあなたならわかるよね」

目尻をぴくりと跳ねさせた白羽は、なにかを言いかけたものの、それをひっこめた。

「で、いったいなにを調べている？　俺を疑っているなら、その理由を教えてくれてもいいのでは？」

「捜査情報は明かせませんよ。元刑事ならご存知でしょ」

「あー、やっぱり捜査なんだ。ここ、被害者宅だよね？」

今度は口角が歪んだ。

捜査とは被疑者の特定や犯罪に関する証拠を収集することを言う。几帳面《きちょうめん》で融通《ゆうずう》のきかない白羽が、その意味以外で使うことはない。つまり、白羽は奥田の死に疑問を持っているのだ。

「精密ロボット君でもボロが出たね」

憎《にく》たらしい反応でもするかと思ったが、予想に反して白羽は神妙《しんみょう》な顔つきで母屋に目をやった。ふたたび白羽が口を開くまでに、ずいぶんと時間がかかったような気がした。

「あれは個人的な想いはありませんでした。職務でした」

なんの話かと思ったが、どうやら草野が警察を去ることになった査問会議のことを言っている。捜査一課長をはじめ、所轄に移動させてでも草野を残しておきたいという者は少なくなかった。しかし白羽は違い、草野が犯《おか》した過《あやま》ちを徹底的に糾弾《きゅうだん》した。

「人格まで否定されるようなことを言われた気がするけどね」

「誤解です。あくまでも私は監察官として従うべき法規を遵守《じゅんしゅ》したまでなのです。あなた個人に恨《うら》みはなかった」

実際のところ、厚意に甘えて警察に残ることはできただろう。しかし、いずれはいまと同じように辞めたのではないかとも思う。

自分自身、間違いを犯してしまったことは確かなのだから。

しかし、あの時の白羽の態度は、腹がたつというよりは、精神的に追い込むようなものに思えた。

罪を認めさせ、それを脳内で増幅させる。その意識から、自己否定しかできなくなり、辞職以外の道は悪である、と洗脳させられた気がした。

この男には血が通っていないと感じられ、それが白羽をロボットと呼称《こしょう》する理由だった。

沈黙の時間が流れ、頭上をアブラゼミが飛び去った。

「ま、ごゆっくりどうぞ」

草野は言って、ふたたび来た道を辿る。

するときっかり十歩ほどの距離を保ったまま白羽が付いてくる。

小さく舌打ちして、草野は振り返った。

「なんなんだよ。家を調べるんじゃないのか？　それとも俺を尾行《びこう》している？」

「違います。この村でコーヒーが飲めるところは一ヶ所しかないので、たまたま歩く方角が同じなだけです」

それ以降、無言だった。

車通りもない県道を、真夏の空の下、二人の男が一定間隔《かんかく》を保ったまま歩いている光景は、傍《はた》から見たら奇妙《きみょう》だったろうが、幸い、誰もいなそうだった。

浜辺に下りると、ふたつあるテーブルのうち、手前には若い女性らが使用していたので、草野と白羽は必然的に同じテーブルにつくことになる。

ただ、向き合って座るのではなく、ふたりともお互いの顔を見ないようにと、海に向かって座っていた。

男たちが仏頂面《ぶっちょうづら》で海を見ているものだから、隣のテーブルからはクスクスと小さな笑い声が生まれていた。

そこに目の覚めるようなオーシャンブルーのパフェと、ライムグリーンのメロンソーダが置かれ、クスクスだった笑いははっきりとしたものとなって耳に届いた。

「な、なんすか、これ。頼んでないけど」

草野がのけぞると、春香は両手を腰につけ、睨み下ろしてきた。

「あのね、営業妨害なわけ」

「そんなこと」

「ただでさえ、普段なら地元のおじちゃんおばちゃんたちで賑《にぎ》わっているのに、あなたたちが来てからみんな警戒して来なくなったのよ。さらにそんな仏頂面を並べられたら誰も近寄らないでしょうよ」

草野は白羽と顔を見合わせるが、返す言葉がなく、メロンソーダのストローを口に咥《くわ》えた。

踵《きびす》を返した春香は隣のテーブルに移動し女子たちと盛り上がっている。どうやら徳島からの観光客のようで、運転免許を取得した記念に友人とドライブに出かけたものの旧道に迷い込み、Uターンできないままこの村に迷い込んだ。不安になっていた時にカフェの暖簾を見て立ち寄ったらしい。

「この浜の観光看板とか道路標識がつくれるくらい有名になったら迷っちゃうこともなくなるのに」

春香はそう話しながら、草野をちらりと見やった。

「でも、もうすぐ観光ガイドなんかに載《の》るかもしれないな」

曖昧な笑みを返しながら、草野は海に目をやる。広く、穏やかな海を見ていると心が安らぐ。

それなのに、隣にいる男の存在が目障りだ。かといって席を外すのも違う気がする。せっかく見つけた隠れ家のような場所に、白羽は後から入り込んできた侵入者なのだ。立ち去るべきは白羽だ。

ちらりと横目で窺う。

相変わらず感情の読み取れない顔だった。

瓜実顔《うりざねがお》といえばいいのか、中性的で透き通るような白い肌をしている。そんな男が何を話すでもなく無言でパフェを見つめていた。

あ、ポタ電……。

不意に思い出した。

車内にはポタ電と呼ばれるポータブルバッテリーがある。これでパソコンやスマホの充電、扇風機や小型冷蔵庫などの駆動に使用しているのだが、このポタ電そのものを充電するために、草野は車の走行充電か、太陽電池パネルを使用していた。今日はせっかく晴れたので太陽の力で充電しておこうと思っていたが忘れていた。

熱帯夜に扇風機すら使えないと死活問題になりそうだ。

そこでふとキッチンカーが目に入った。

「あのう、春香さん。ちょっとご相談が」

事情を話すと、快諾《かいだく》してくれたが、すぐに思案顔になった。

「キッチンカーで充電するのはまったく問題ないけど、コンセントは中にあるのよね。それで、もうすぐ店じまいしちゃうから」

「少しだけでも助かります。ポタ電持ってきますんで」

そして車に戻ろうとした時だった。

「やはり……」

白羽が言葉を発したことに草野は驚いた。

必要がなければ喋《しゃべ》ることはないと思っていたが、意外だったのはその声がどこか寂《さび》しげだったからだ。これまでは人間味のない言葉しか聞いたことがなかった。

「はい？」

「我々は敬遠されているのでしょうか」

なにがあったのかは知らないが、村民に聞き込みをしても、邪険《じゃけん》にされているのかもしれない。なにしろ、コミュ力が皆無《かいむ》な男だ。

それに、我々と言ったが、自分は違う。

ただ、村役場でのこともそうだし、観音寺での乱闘のことを思い出し、そうかもね、と小さく答えた。

「で、いつから調べているんです？」

「三日前からです」

おそらく聞き込みなどで回ったものの、村民につれない対応をされてきたのだろう。

白羽がなぜ単独で捜査しているのかは不明だが、その寂しそうな顔を見ていると、理解者を求めているような気もした。

「ちなみに、なにを追っているのかを教えてもらうわけには？」

「言えません」

理解者が欲しいわけじゃないのかよ、と心の中で毒づいた。

「俺は疑われているのに？　じゃあ、こんなところにいないでさ、本部に戻ってお仲間と相談すればいいじゃないか」

白羽はしばらく唸《うな》り、言葉を抑え込むかのようにストローを咥える。草野は再び椅子に座り、両足を投げ出し両手を頭の後ろで組むと、ふたたび穏やかな瀬戸内の海に目を戻した。

すると、白羽がまた独り言のように言った。

「私の役職の意味を？」

草野は目を合わせることなく頷く。

「管区全体の運営に関する業務並びに様々な犯罪捜査、犯罪の予防、交通事故防止等に関する警察活動――かな」

ホームページに書かれていそうなことを言うと、白羽は正解とばかりに眉を吊り上げてみせた。

「いまは、行われた捜査が正しく適正なものだったのか精査することを主業務にしています」

そこまで言われれば、白羽の目的が見えてくる。

草野は身体を捻《ひね》り、メロンソーダに乗っていたチェリーをつまんで口に入れた。

「そして、バンブーアーティストの事故死に疑問を抱いた？」

白羽の眼が、シルバーのフレーム越しに見開かれると、テーブルに覆い被さるように上半身を寄せた。

「草野さんはなぜ奥田のことを調べているんです？」

低く抑えた声だった。

「ここに来たのは本当に偶然。奥田というひとが二週間ほど前に事故死したことも、ここに来て初めて知った。さっき奥田の家にいたのは、まあ……成り行きかな。自分がなぜ疑われているのかを知りたかったというか」

「疑ってはいません」

「あれ、偶然は信じないって言ってなかったかな」

「それとこれとは別です。意気揚々《いきようよう》と乗り込んできたものの、なんの情報も得られずに焦っていたからです。引くに引けず困っていたところにまさかの草野さんがいたわけです。なにかあると思うでしょう」

ロボットでも焦るんだな、と癖で嫌味を言いそうになったが呑み込んだ。

「あの。草野さんに私がこんなことをお願いできるのは筋が違うかもしれませんが、元刑事として、参考までにアドバイスをしてもらってもいいでしょうか？」

「うん、違うね」

白羽がさっきまで無言だったのは葛藤《かっとう》していたからなのだろうか。できれば話したくないが、行き詰まっていて突破口が欲しい――と想像した。

「捜査情報を共有してもらえるの？　俺は一般市民だけど」

「もちろん、核心は話せませんが」

「それじゃあ、どこまで言えるかわからないけど、こっちも巻き込まれるのは御免《ごめん》なんで、まずは話半分に聞きますよ。で？」

白羽はあたりを見渡すと、少し前かがみになった。

「彼のブログを読んでいて気になることがあったんです」

「住民との軋轢とか？」

「それもそうですが」

当該ページを開いたスマートフォンを目の前に置いた。

「ここです」

指をさされた箇所を読む。

――材料を求めて山に入り、大変なものを見つけてしまった！　近日公開！

「ってなに、これ」

「フォロワーは、すごくいい材料を見つけたので、これを使った新作を発表する……という意味合いで捉えていたようです」

確かに、そう読み解けた。

「でも違うの？」

まるで怪《あや》しげな投資はするな、と説得する友人のように、白羽は人差し指を立てながら力説する。

「この投稿は『移住生活』タグに紐《ひも》づけられているんです」

はあ、と返す。

「創作、作品に関するタグは別にあります」

「じゃあ〝大変なもの〟というのは地域住民に関するものだと？」

思わず推理に乗ってしまいそうになる。

「そう思えたんです。なんというか、鬼の首を取ったような言い方に思えませんか」

「住民に対して、和解というより優位に立てるものを見つけた……？」

白羽は我が意を得たりという表情を浮かべたので、草野は心外だとばかりにメロンソーダを飲み干した。

「いずれにしろ、見つけたなにかを公開する前に死亡しました」

背後では女子たちの鮮《あざ》やかな声がするなか、物騒《ぶっそう》なことを言う。

「じゃあ、〝それ〟はあの家にある？」

「かもしれません」

「家宅捜索は？」

「事故で処理されている個人宅ですから、それなりの証拠を裁判所に提出しないといけません」

さすが警察ロボだ。

「でも、それだけで事故に不信感を抱いた？」

なにか他にも根拠を握っていそうだったが、口をもごもごとさせるだけで話さない。

「ああ、この先は捜査情報ってやつね。でも、そこだけ聞いても言えることは何もないけど」

白羽は話すべきか逡巡《しゅんじゅん》しているようだったが、やがて立ち上がった。

「ちょっと、歩きませんか」

テーブルには白羽のパフェが残っている。このままだと春香の怒りを買いそうだったが、そこまで面倒を見るいわれはない。

満潮ではあるが、十分に広い砂浜を歩いた。周りには誰もいなかったが、それでも周囲を気にする素振《そぶ》りをしてから口を開いた。

「この村には警察がなく、隣町の三豊警察署が管轄《かんかつ》しています」

草野は頷いて先を促した。

「そこの署長と、この村の村長が繋がっているという噂《うわさ》があります」

白羽の言いたいことがわかった。

「つまり、奥田の件は、本当は違うけど事故で処理したと？」

「ええ。さまざまな要素が重なって、あれは本当に事故だったのだろうかと調べ始めたんです」

「さまざまな要素って？」

また口籠《くちご》る白羽に向かい、ハエを追い払うように手を振る。

「あ、いいや、いいや。言えないもんね。ま、白羽さんが考えているのは、奥田の死は殺人だった。もしくは事故だったとしても何者かが関与していた、ってことか」

白羽はますます草野に対して同志を見つけたような顔をし、草野は心の中で舌打ちをする。目の前にいる男に警察を追われたこともそうだし、もう刑事ではないのに捜査に対して前のめりになりつつある自分に対してもだった。

「一度は事故で処理されたことを蒸《む》し返すからにはそれなりの根拠と自信が？」

「もちろん、あります」

「でも、それは言えないんでしょ？」

白羽は頷く。

「つまり、俺に話したのは誰にも相手にされず、証言も取れずに行き詰まっているからか」

「面目《めんぼく》ない」

草野は白羽に対してこれまでとは異なる印象を抱きはじめていた。ずいぶんと人間的で、後輩の刑事を見るような感じだった。

自分のやるべきことがわかっていて、そこに従うべき明確なルールが存在する時は圧倒的な自信を持って職務にあたるが、少しでもイレギュラーなことに遭遇すると、途端に不安になるのだろう。

「まあ、普通の捜査だったら、いま知りたいのは奥田が公開しようとしていたものというのがなんだったのか。ってところかな」

「そうです！　それを知るためには？」

「知らんがな。それこそ警察の仕事だろうに」

白羽は頭を抱える。

「まったく。なんの策もなしに行動してんのか。手がかりになりそうなこととかないのかよ」

「あります！　奥田は東京にパトロンがいたようなんです。個展なども取り仕切っていたそうなんですが」

「じゃあそのひとに聞けばいい。近日公開予定というなら、その情報も聞いていただろうし」

「しかし、それが。ここは四国ですし」

「キャリアでしょ？　警視庁に言って調べさせれば翌日には報告がくるだろうに」

「それが、ですね」

「え？」

「その……まだ事件性があると決まったわけではないので、正式に依頼するのは憚《はばか》られるというか」

「じゃあ、知り合いの刑事とかに個人的に頼めばいいだろ」

「その……いないんです」

「いないって、誰が？」

「……知り合い」

「は？」

ここでいきなり嘆《なげ》き節《ぶし》になる。

「だいたい、監察官なんて誰からも嫌われるポジションじゃないですか！　誰が好き好んで監察官と仲良くしようと思うんです？　監察官は、敵はつくっても友達はできない役職なんです！」

はあ、と相槌《あいづち》を打ったものの、そういうあなたも！　という意味合いの視線を向けられた。まあ監察官、特に白羽のことは実際に嫌いなので返答に困った。

「まあ、事情はわかるけど」

「そうだ、あなたが以前お付き合いされていた女性刑事さんにお願いするとか――」

「無理無理無理無理、なに言い出すんだよ」

頼めば調べてくれるだろうが、いまの境遇《きょうぐう》を知れば哀《あわ》れみを受けそうだった。ささやかながらもプライドがある草野は、それだけは避けたかった。

「では、当時の元同僚の方々とかに頼んでもらえませんか」

白羽が捜査情報ギリギリのところを話すのは、草野のコネを当てにしたからだろう。

「誰のおかげで〝元〟にされたと思っているんだよ」

白羽は足を止め、神妙《しんみょう》な顔つきになった。

「だから、あれは個人的な感情ではありません。草野さんのしたことに対して共感もしました。しかし、私には従うべきルールが……」

「さっきも聞いたし、結果は一緒だよ、俺にとっては」

二度と会いたくないトラウマの権化《ごんげ》のような人物に、よりによって、どうしてまた巡り合ってしまったのか。

風がびゅっと吹いて、海面を小さく波立てた。今日も『鏡』はおあずけのようだ。

あらためて白羽を見る。

確かに監察官はとっつきにくい役職ではある。警察官にとっての警察。心当たりがなくても接する時は緊張を強いられる。

たとえそれが職務で、まっとうな理由のもとに自分を追放することになったのだとしても、少なからず遺恨《いこん》は残る。

そこでふと思った。

ひょっとしたら現在の部署でも孤立無縁《こりつむえん》の状態になっていて、だからこうして一人で調査をしているのではないか。

そう思うと若干同情の余地を感じる。

そしてなにより、自分が知りたいという欲求を抑えきれないでいた。

「パトロンを調べるの、心当たりがひとつあるよ」

気づけばそう言っていた。

そして振り返り、ハッとする。

キッチンカーは閉店していた。

草野は、今夜が熱帯夜にならないことを祈った。

3

「はあ⁉」

綾子は叫んでしまい、同僚の手を止めさせた。

出版エージェント会社『マッキントッシュエージェンシー』のオフィスは神田小川町のマンションの一室にあり、従業員は十名ほどだ。

多くは出払っていて、いまは三名が在席するのみだが、仲の良い美智子《みちこ》――みーぽんと呼んでいる――がトラブル発生かと、キャスター付きのチェアーをスライドさせて近づいてきた。

『ですので、ちょっと調べてほしいことがあるんです』

電話の相手は自称フリーライターで実績皆無の草野である。

「エージェントは作家の下働きではありませんよ」

暇《ひま》だと思われているのかもしれないが、担当は草野だけではない。他に売れっ子を抱えて忙しくしている自分としては軽率《けいそつ》に依頼されるのは心外だ。毒のひとつやふたつ吐きたくなる。

それに草野は社長に押し付けられただけで、手間のかかる中年新人作家を担当したいと自分から希望したわけではない。なんなら嫌われて担当を外されてもいいくらいに思っていた。

『そんなつもりはありません。顔の広い上村さんなら、ちょーっと調べたら、すぐにわかるかなと。それと、これはこの地の事件に関係することなんです』

綾子の気を引くためか〝事件〟のところで抑揚《よくよう》をつけていた。わかっていても食いついてしまう。

「どういうことですか。説明をお願いします」

『ことは複雑なのですが……』

草野はいま巻き込まれているという状況について話し始めた。それに耳を傾けながら、綾子はパソコンに手を伸ばし、キーワードを検索した。

奥田健、スペース、アーティスト。

ヒットした。ネットニュースによると、確かに二週間ほど前、移住先の香川県の山中で事故死している。

「これが、事故ではない？」

『それをいま調べています。なぜそれを調べることになったかというと、私が刑事時代に確執《かくしつ》のある相手とこの地で再会してしまったことがきっかけなんです』

確執のある相手と共同で調査している？　事故死を？　つまり殺人⁉

綾子は思わず前のめりになってしまう。

「で、なにが知りたいんですか」

『このアーティストのパトロンです。つまりスポンサー』

「もしそのパトロンが見つかったらどうするんです」

『パトロンには創作活動の報告をしていたはずです。そこで死の直前に、近々公開できる新作があったかどうか。またその新作には、この村でのある発見があったからなのかどうか』

「ある発見？」

『本人がＳＮＳでそう言っているのですが、それがなにかはわかりません』

綾子はメモを走らせていて、ふと気になった。

「仮に新作を準備中だった場合と、そうじゃなかった場合でなにが変わるんです？」

『ブログによると、地域住民との間にトラブルがあったようなのですが、もし彼が発見したものが新作に関わるものではなかった場合、事故は事故じゃなかった可能性も浮上してきます』

ん？　と綾子は眉根を寄せた。理解ができなかったのだ。

独自のロジックで言ったのだろうが、草野は元刑事だ。それもかなり優秀だったと聞いている。ならば、意味はよくわからないが、それなりの推理があってのことなのだろう。そして、あえて興味をひくような話し方をしている。

これまで出来上がった原稿と向き合ってきたが、生の事件、現在進行形の出来事に参加したことはなかった。これはかつて憧れた新聞記者になったようで、綾子は話に乗ってみることにした。

「わかりました。調べてみます」

電話を切ると、みーぽんが、大丈夫？　と声をかけてきた。そう、ちょうどあなたに用がある。

「奥田健……どこかで聞いたような」

美智子は主に芸術関係の作家を担当しているエージェントだから、その世界に伝手《つて》があるはずだ。

「なるほど、このひとのパトロンを探せばいいのね」

事情をすぐに理解してくれた。

「こういう情報を集めているひとがいるから聞いてみるよ。ラーメン、貸しね。全部乗せだから」

綾子は敬礼して答えた。

さあ草野よ。ラーメン代に見合うネタなんだろうな?

白羽は観音寺《かんおんじ》駅近くのホテルに泊まっているようで、捜査協力として夕食を奢《おご》ると申し出た。

「なんで?」

草野は思わず聞いてしまう。

白羽は遺恨がある相手だ。食事を一緒にしたいとも、されたいとも思わなかった。

「捜査協力の謝礼です」

その言葉が免罪符だと言わんばかりだった。

「俺は協力するとは一言も言ってないし、それに協力できるほどの情報をもらっているわけでもない。そもそも、俺の協力を金銭的な対価で得ることに対しては、規律とかポリシーとかないの？」

「情報提供に対して公費を当てることは認められています」

いわゆる情報屋と呼ばれる者たちへの報酬だ。

「逆に、断る理由は相談相手が〝私〟だからですか？」

それしかなかった。

「他の人だったら協力していたということですよね？　つまり、本心ではなにが起こっているのか知りたいと思っているのではないですか？」

面倒くさい男だな、と思いつつも、一食分の食費が浮き、さらに帰りのタクシー代まで出してくれると言うから、乗ってみることにした。

観音寺までは白羽の車に同乗したが、道中の会話はほぼ皆無だった。

この調子で話が弾む会食になるとは思えない。白羽もそれをわかっているはずだ。

それなのにどうして誘ったのか。

一旦ホテルの駐車場に車を置き、五分ほど歩いたところにある郷土料理と書かれた居酒屋の暖簾をくぐった。

こぢんまりとした店で、背後の客と背中がくっつきそうだったが、草野的にはかつて走り回った吉祥寺《きちじょうじ》の狭い間口の店が並ぶ、ハモニカ横丁が思い出されて居心地はよかった。

そして、生ビールを注文し、理由もないのに乾杯をした。

はじめは他愛のない話をした。お通しで出されたのが『魚の三杯』という郷土料理で、いまの時季はきすごという小魚を酢と出汁《だし》でつけたものだという。

初めて見た、うまいなあ、と言葉を交わしたものの、やはり会話が続かず、お互いに無口になり、やがては奥田の話になる。

生き方も価値観も真逆なふたりにとっては、唯一の共通項だった、

「もし彼が殺されたのだとしたら――」

草野は声を抑えていたが、周囲の歓談は大きく、誰もこちらに耳を傾けていなかった。

「――地域住民とのトラブルが原因ということになるのかな」

「ええ。ひょっとしたらですが、村のひとたちが私たちに冷たいのは、それを知られたくないからとか」

その可能性はあった。

「昨日さ、観音寺で一人で夕食を取っていたら地元民に絡まれたよ。よそ者は出て行けって」

「そうなんですか」

「ただ、いま考えると不自然な感じがする。はじめから俺を狙《ねら》っていたような。なんなら誰かに依頼されたんじゃないかとすら思える」

周囲を警戒し始めた白羽を見て草野はささやかに笑い、話を戻した。

「しかし、いくら両者の間に確執があったからといって、そんなことが起きるかな」

そうは言ってみたが、意図せずとも些細《ささい》なことから事件に発展することも多い。言い争いから取っ組み合いになり、よろけて後頭部を強打し死亡……という案件は過去にいくつか見てきた。

白羽のリアクションがないので視線を上げてみると、白羽は俯《うつむ》いていた。あまり酒に強くないのかもしれない。まだ生ビール中ジョッキの二杯目を半分ほどあけただけのはずだが、覗き込むと、顔色は赤というより紫色に近い。普段が美肌と言ってもいいくらいに白いから、余計にそう見えた。

「ええ、実は、弱いです」

聞いてみると、そう絞り出した。

「なら飲みに行こうなんて言わなきゃいいのに。それか、自分は烏龍茶でも飲むとか」

ただ、赤く充血し、藪睨《やぶにら》みになる眼力はシラフの時よりも迫力があった。

さっさと切り上げるかとジョッキを飲み干したが、白羽がすかさず草野のジョッキを指さしておかわりを注文した。

「ちょっと、もう帰ろうって」

「私はこれくらいにします。でも草野さんは構わず飲んでください」

それなら一人で晩酌《ばんしゃく》したほうがいい。

そう思った時、白羽が胸ポケットに手を入れ、四つ折りにされた書類の束をテーブルに置いた。

「なんです、これ」

開いてみれば、答えを聞かなくてもわかった。

「事故報告書……？」

パラパラとページをめくる。五ページ目には奥田の死亡検案書までついていた。

「三豊警察が検分を行った時のものです」

「いいんですか、こんなものを見せても」

「情報開示請求があれば出せるものですし、なんなら酔っ払った僕から草野さんが盗んだことにしてください」

冗談なのか本気なのか、その表情からはわからなかったが、ひょっとして酒の場に来たのは、酒のせいにしてこれを渡すための理由が欲しかったからなのだろうかと勘《かん》ぐりたくもなった。

報告書に視線を戻す。そこには現場の略図や写真が添えられ、さらには死因、事故と判断した理由などが簡素にまとめてあった。

それによると、崖下《がけした》で倒れている奥田が発見されたのは七夕の日の午後。田んぼに向かう途中の農家からの通報だった。ただ現場は畦道《あぜみち》からも離れており、事故発生から発見までに二日を要したようだった。

七月五日の朝、奥田が山に入るところを自宅近くの老婆が目撃しているが、その日以降、奥田の姿や自宅に灯りがついていたりするところは見ていないという。

状況から、その日のうちに事故にあったと思われる。

転落した崖は約二十メートルの高さがあった。前日までの大雨で地盤が緩んでおり、足を滑《すべ》らせた。死因はその際に頭部を強打したことによる脳挫傷《のうざしょう》となっていた。特に疑念はない。そう言おうとした時、白羽が指をさした。

「なんです？」

ゲップを握りこぶしで抑えて言った。

「所持品」

あらためて見直す。

「えっと、財布と家の鍵。ノコギリは竹を切り出すためか。あとは軍手に――」

「携帯電話」

「ん？」

「携帯電話が見つかっていません」

確かに記載はなかった。

「奥田はパソコンを持っていないので、ＳＮＳの投稿は全て所有するスマートフォンから行っていたはずなんです。三豊警察が事故直後に自宅を検分していますが、その際も見つかっていません」

「現場周辺に落ちて――」

「ありませんでした。金属探知機までレンタルしたんですけど」

「え、自ら？」

白羽は頷きついでにテーブルに突っ伏してしまった。

草野はビールを飲み、その執念《しゅうねん》はどこからくるのだろうかと思った。

「それと、死亡検案書」

寝たのかと思った白羽が顔を上げずに言う。草野は死亡検案書をめくり、目を通した。

「特におかしなところはないみたいだけど」

「痣《あざ》があります、あちこちに」

「転落したんだから、痣が複数箇所にできてもおかしくないでしょ」

「喉《のど》」

「え？」

「のーどー！」

ガバッと上半身を起こして叫ぶ。店内の視線を集めてしまい、草野は報告書を畳んでテーブルの下に隠した。

「喉にも痣があるんですよ」

そう言われ、テーブルの下で報告書を広げて当該箇所を確認した。両手を開いた人体のイラストに確認された傷などが記してあり、確かに喉にも丸印があった。

「どうやったら喉に痣ができるんですか」

両手の拳を握りしめて、訴えるような目で見る。

「転落中に、たとえば地面にはみ出していた切り株とかに――」

「それなら擦過傷《さっかしょう》もできるはずですよね？」

そんな、けんか腰のような目で睨まれても……。

確かに、体のあちこちに擦過の所見があるが、喉には記載されていない。つまり、真正面からなにかが衝突したことになる。切り株なら少しは、首の側面に痕《あと》が残るはずだ。

ビールを流し込みながら、どういう状況ならそうなるのか考えを巡らせてみたが、答えは出てこなかった。

白羽はまるで全ての問題を草野に丸投げしてしまったかのようにテーブルに両手を組み、額を乗せている。

そこでふと思った。

「ひょっとして、このことを指摘して、それで総スカンをくらった？」

白羽は頭を持ち上げて頷いたものの、ふたたび上げることができず、そのままテーブルに額を落とした。

ため息をつきながら、草野は体をそらせ、その姿を俯瞰した。

どうやら、白羽なりに不可解な点を見つけ、それを報告した。しかしこれ以上の捜査は必要なしと判断された。それでも食い下がっているうちに、警察庁から来たエリートは高圧的だなどと思われて孤立無援の状態に陥り、たった一人で捜査をする羽目になった、というところだろう。

うまく根回しすればいいのに、この男には難しいのだろう。

草野は会計をし、白羽を抱えるようにして連れ出した。

ホテルの前に来る頃には足取りはだいぶしっかりしてきたが、呂律《ろれつ》は相変わらずだった。

キャリアにもストレスがあるんだな、とやや同情しながらロビーのソファーに座らせる。あとはなんとかなるだろう。

「呉越同舟《ごえつどうしゅう》ですね」

立ち去ろうとした草野は、白羽の声に振り返る。

「なんと？」

「ごえつ……」

寝てしまったようだ。

やれやれ、と草野はホテルを出た。

結局、夕食代もタクシー代も自腹になってしまった。手にした報告書に目をやり、ポケットに捩《ね》じ込《こ》むと、振り返る。

呉越同舟だって？

それは、仲が悪いもの同士が共通の目的で協力するという四字熟語だ。

勝手に同じ船に乗せるな、と草野は笑い、タクシーに向かって手を挙げた。

4

草野はカフェのテーブルに肘をつき、海を見ていた。

朝からこの夏の最高気温を更新《こうしん》しそうな、勢いのある熱波が海風に乗ってやってくる。

こんな時は氷たっぷりのアイスコーヒーが飲みたかった。

しかし、普段なら春香が来ているはずの時間なのに、今日はまだオープンしていない。

草野は白羽から預かった事故報告書を広げた。

確かに喉の痣は気にはなるが、それだけで事故を覆せるものではない。

だが白羽は客観的に見れば優秀な警察官だ。勘や思いつきだけで動かないだろうし、孤立無援であってもそれなりの覚悟を持ってこの件を捜査しているのだろう。だから草野にこれを見せた。それだけ必死なのだ。

そこに駐車場に車が入ってくる音がして振り返る。だが、降りてきたのは春香でも白羽でもなく、小俣だった。

草野の姿を見るなり、まるで待ち合わせをしていたかのように手を挙げてみせ、満面の笑みを浮かべた。

「どうもどうも。おや、今日はお休みかな」

閉まったままのキッチンカーを指差す。

「そうみたいですね」

小俣は、残念、と言いながらテーブルを挟んで座った。

「どうですか、記事のほうは。こちらにはいつまでいらっしゃるんですか？」

草野が小さく吹き出してしまったのを見て、小俣は怪訝《けげん》な顔になる。

「ああ、すいません。実はこちらに来てから、言い方はそれぞれ違いますけど、同じようなことをよく聞かれるもので。いつまでいるのか、と」

小俣は、ああ、と笑う。しかしそれは上辺だけのもので、目は冷静に草野を観察している。

「グローバルだなんだという時代でも、この村は小さな世界でまとまっているだけでしてね。閉鎖的というか。もし不愉快《ふゆかい》な思いをさせてしまっていたら申し訳ない」

「いえいえ。春香さんも、この海の素晴らしさを広く伝えたい半面、静かに暮らしたいという村のひとたちの気持ちもわかるから難しい、っていう感じでしたよ」

小俣はうんうんと頷く。

「ちなみに村長はどう思われているんですか」

そうですなあ、と遠くに目をやった。

「もうすぐ、この村は隣町と合併します。村の小さな予算ではできなかったことができるようになり、このあたりで暮らそうと思ってくれる若い夫婦も増えるかもしれない。そして時が経てば、閉鎖的な考えの、小うるさい年寄りもいなくなります。私も含めてね」

自虐的に笑い、続ける。

「このあたりも観光地化されて、ＰＲされるようになれば、あなたのように都会からやってくるひとたちがお金を落としてくれる」

また笑った。

「移住希望者も増えるかもしれませんね。芸術家の方もいらっしゃったとか」

小俣の笑みがしゅっと消えた。しかしすぐに再構築される。

「瀬戸内の小豆島《しょうどしま》や、直島《なおしま》、豊島《とよしま》を中心に芸術祭をやっていますからね。わたしなんかが見てもよくわからないオブジェもあったりしますよ」

また豪快《ごうかい》に笑ったが、つくられたものであるのは明白だった。

「その方は、亡くなられたと聞きましたが」

草野が言うと、小俣は今度こそ笑みを引っ込めた。

「ええ、不幸な事故でした。このあたりもアートが根付けばいいなと思っていたんですが、残念です。でもそんなことまで取材されているんですか」

小俣が探るような視線を向けてきて、草野は大袈裟《おおげさ》に手を振ってみせる。

「そういうわけではないんですが」

「ちなみに、警察の方とは面識があるんですか？　一緒にいらっしゃるようですが」

世間話のような軽い聞き方だったが、探るような視線は年齢を感じさせず、鋭く突き刺さるようだった。

「ああ、白羽さんですね。単なる知り合いです。偶然ここで会いましたけど、仲がいい友人とか、そういうのではありません。彼がどうかしたんですか？」

「いえ、あちこちでなにかを調べられているようですが、村民はあまり社交的ではありませんから、お役に立てず申し訳ないといいますか」

「申し訳なく思う必要はないと思いますよ、公僕《こうぼく》ですから。勝手に調べて用が済んだら帰るでしょうし」

「なにか聞かれていますか？　我々も協力したいのですが」

「なにかとは、なんでしょう」

小俣は口ごもった。

「いやいや、あの方は奥田さんのことを調べているようなのですが、具体的にはなにもおっしゃらないので、村民も不安がってしまうというか。もちろん、職務を果たされようとしていらっしゃるのは理解できるのですが」

村民が不安になるのは白羽の聞き方に問題があるのかもしれないが、小俣の態度を見ていると、奥田のことに触れてほしくないとも取れる。それで、なにをどこまで調べているのかを探ろうとしている。そんな気がした。

「あのひとは堅物《かたぶつ》ですから、民間人の私になんて話しませんよ。私はただ、海が鏡のようになる時を待っているんですよ。だから——」

　さざ波を見ながら言った。

「もう少しお邪魔させていただくかと思います」

「もちろんです、ぜひ見ていってください。でもまあ、駐車場にずっと誰かがいるっているのが怖いというひともいますし、防犯上もあまりよろしくないですが」

「それはそうですよね。本当はホテルにでも泊まったほうがいいのでしょうが、先日観音寺市内で、よそ者は出て行け、と絡まれましてね。なかなかに物騒でして」

「ええっ、大丈夫だったんですか？　お怪我とか？」

「大丈夫です、怪我もしていません。相手も酔った勢いだったのでしょう。よくあることですよ」

「そうだったんですか。なおさら、ここに泊まられるのは心配ですなあ」

「ご心配ありがとうございます。もし、法的に問題があるようでしたら白羽が黙っていないでしょう。三豊警察に圧力をかけて追い出そうとするかもしれません」

三豊警察署長と小俣は繋がりがあると噂されている、と白羽は言っていたので揺さぶってみたが、いまの小俣の表情を見る限りは判別がつかなかった。

ただ、予防線にはなった。この公園は県営だ。村長の一存で警察を動かし、追い出すことはできないだろう。

「なるほど、愉快ですな」

小俣は言葉とは裏腹の表情で言うと、コーヒーが飲めなくて残念、と車に戻っていった。

それから二分も経たないうちに、入れ替わるように小型バイクが坂道を下りてきた。ホンダ製のダックス１２５で、砂利道で後輪が滑るのも計算の上か、慌てることなくスライドさせながらキッチンカーの裏手に止めると、ヘルメットを取った春香が、よっ、と手を掲《かか》げた。

「ごめん、ごめん。待ってた？　ちょっと実家に寄ってきたから」

「実家？」

「そう。すぐそこなんだけどね」

「実家に住んでいるんじゃないんだ」

「違うよ、私はここから十分くらいのところの、本山ってところのマンションにいるの。実家は一人で住むには広すぎるし、もう古いしね。ただときどき空気を入れ替えておかないと傷《いた》んじゃうからさ。いま家中のドアを開けてきた」

「不用心じゃないの？」

元警察官としての防犯意識を春香は笑う。

「都会じゃそうだろうけど、ここにそんなひとはいないって。入られても持って行くものなんてないしね」

テキパキとキッチンカーを展開しながら笑った。

「夕方から大雨らしいから、今日は早めに終了して掃除《そうじ》するつもり。あ、よかったら掃除のバイトしない？　夕食奢るけど」

「それ、悪くないね」

草野は笑い、それから昨夜の話をした。

「えー、じゃあ、タダだと思っていた夕食代とタクシー代払う羽目になっちゃったわけだ」

「そう。まったく変な話だよ。新手の詐欺《さぎ》だな、あれは。おっと、噂をすればだ」

駐車場に車を置いた白羽が、こめかみのあたりを押さえながら降りてきた。

「すいません、コーヒーください。濃い目の」

「まさか二日酔い？　あれだけで？」

それには答えず、白羽はテーブルに突っ伏した。草野は春香がコーヒーの準備をしているのを確認し、白羽の腕に報告書を差し込んだ。

「昨夜も見直したけど、確かに気になるね、首の鬱血《うっけつ》。転落時に付く打撲《だぼく》や擦過とは違う。おそらく真正面から棒状のもので突かれている」

白羽はがばっと起きた。期待に満ちた表情をしている。

「だけど注意したほうがいい。さっきも小俣村長がここに来て、我々のことを探っていたから。ま、早く出て行ってほしいんだろうね」

「しかし、なにをどう調べればいいのか。研修で捜査の現場に出たことはありますが、その後はずっと内勤だったので……」

はっと目を見開く。

「草野さん、捜査のイロハを教えてください。どうすれば先に進めますか」

自分をクビにしておいて、よく言うよ。

そう返してやりたかったが、白羽の真剣さに言葉を呑み込んだ。基本的にこの男は何事にも真剣に当たるのだろう。今回の件も、埋もれたものを引っ張り出そうとしている。結果的にそれが他愛のないものであったとしても、突き止めなくては気が済まないのだ。

春香が出してくれたコーヒーを口にしながら、草野は思案した。

そこにスマートフォンが振動した。ディスプレイには綾子の名前が表示されていた。

「ああ、どうも。おはようございます」

『なんか呑気《のんき》ですね。海を見ながら優雅《ゆうが》にコーヒーでも飲んでそう』

隠しカメラでもあるのか？　と思わずあたりを見渡し、憂《うれ》い顔の白羽に目をやって小さくため息をつく。

「海を見ながらコーヒーを飲んでいますが、決して優雅ではありません」

へー、っと声が漏《も》れてきて、綾子は続けた。

『で、わかりましたよ、パトロン』

「ほんとですか、早い！　さすがです！」

こんなに早く結果が知れるとは思っていなかった。

『あとで詳細はメールしておきますけど、パトロンは名古屋市にある貿易会社の社長で、他にも十名ほどのアーティストを抱えているみたい。このひとの会社のホームページを見ると、彼の本社ビルのロビーには奥田の竹細工アートが飾られているわ。直径五メートルのオブジェ。中に入ると宇宙を感じられるんだって』

その口調から、綾子は芸術にはあまり興味がないのかな、と感じた。

「……なるほど。それで奥田についてはなにか言っていましたか」

『アポを取ろうとしたけど忙しそうだったからメールで聞いた。結論から言うと、奥田から新作の発表があるとは聞いていないし、山中でなにを見つけたのかも聞いていないって』

ということは、創作には関係のないものを山中で発見し、それを公表しようとしていたが、その前に事故死したことになる。

『で、これがどうなるわけ？』

「わかりません」

『はあ？』

「いまそれを調べているので。もうちょっとお時間をください。では」

最後に悪態をつかれた気がしたが、草野は通話を終わらせると、そのことを白羽に伝えた。

「そうなんですか……。奥田はいったいなにを見つけたんでしょう……」

わからない。

こういう時、刑事がやるべきことはひとつだけだ。

「現場に行ってみるかあ」

転落現場へは、奥田宅前の細い道をさらに奥へと進む。報告書にあった、奥田の最後の姿が目撃されたのもここだ。

その道は草に覆われた不揃《ふぞろ》いの石の階段となり、やがてはそれもなくなり獣道《けものみち》のようになる。木々が頭上を覆ってくれているので直射日光には晒《さら》されないが、かわりに風もなく、蒸し暑い。気づけば藪蚊《やぶか》がまとわりついていて、すでに数ヶ所刺されて皮膚《ひふ》が丸く膨《ふく》れている。そこに爪を押し付けて十文字の痕《あと》を付けると、子供の頃をふと思い出した。

頭上を見ると薄緑色の天井がしなやかに揺れながら、さらさらと葉音を立てていて心地よかった。

草野は汗で張り付いたシャツを、指でつまんで空気を呼び込むと、しばしの涼《りょう》に息をつく。

「このあたりです」

白羽が言って畦道から逸れ、竹が密集するエリアに入った。

するると、工事現場などでよく見る赤い三角コーンがふたつ、ポールで繋がれて置かれていた。香川県警と表示があるので、事故後に設置したのだろう。

人工物がないこんな竹林の中でそれを見ると、これもアートなのではないかと思えてしまう。それだけ不自然で違和感があった。

「あそこの先がちょっと崩れているんです」

「では、ここが転落現場ってことか」

「そうです。草が覆っていて目立ちませんけど、あの先はすぐ崖なんです。奥田は竹を使ったアート作品をつくっていましたから、材料を取りに来て、誤って転落した
——と報告書には書かれています」

崖の際《きわ》は見えなかったが、草木を通して、眼下に広がる田んぼが鮮やかな緑を反射させていた。

振り返り、周囲を眺める。しかし事故ではないとする要素はなかった。

「誰かが待ち伏せて、突き落としたって可能性はありますか？」

ストレートな陰謀説で、草野は思わずにやけてしまう。

「まあ、なくはないだろうけど」

足もとにあった棒を摑むと、草むらを払いのける。もちろん、なにも見つからない。

「証明のしようがないな。動機を持つ者が捜査線上に浮かんでくれば、アリバイなどを調べることで見えてくるスジがあるだろうけど。いまは事故を覆すだけの情報が圧倒的に少ない」

　白羽は落胆の表情を見せた。

「で、この獣道みたいなのはどこまで続いているの？」

「えっと、斜面をぐるっと回って、県道に戻ります。その途中には墓地とか、あと小俣村長のお屋敷なんかもありました」

　草野はもう一度現場を見渡した。

　ふと竹の切り株に目が止まった。奥田が作品のために切り出したのだろう。よく見ると、綺麗に切り落とされたものもあれば、歪な切り口もあった。綺麗なものは真横に切られているが、歪なものは斜めに切り落とされている。

　気になったらとにかく記録する。有益かどうかはあとで考えればいい。

　草野はそれらを写真に収め、赤色のコーンを目指した。軽い上り傾斜になっていたため竹を摑みながら進んでいると、指先になにかがひっかかった。

　見ると、ささくれのような小さな切り傷があった。草野はそれを指の腹で撫《な》でながら、他の竹にも目を配る。あった。

その高さは腰から頭のあたりまでで、ちょん、と目印のように付けられていた。視線を上にやると、二、三メートルの高さのところにも、同じような傷があるのがわかった。

それも写真に収めた。

さらに進むと、細い竹が積まれている場所に出る。

奥田は切り倒した竹をこの場でいくつかに分割したり、枝を払ったりしていたようで、使わなかった枝葉や竹はここに捨て置いたのだろう。まだ青さを保っているものもあれば、すでに白く固くなっているものもあった。

コーンの横に立ち、あらためて現場を俯瞰した。

「あ、気をつけてください」

白羽に手を振りつつ、足元を確かめる。気のせいか地面が緩くなったかのように感じた。

崖の下を見ることができればと思ったが、草に覆われてそれはできなかった。

「奥田が素材集めをしていたのは、ここだけ？　ほかの場所にもあるんだろうか」

白羽も額の汗を拭《ぬぐ》う。

「竹林は他にもありますが、奥田が自宅と一緒にわざわざこの山林を購入していたのは竹目当てだったとも思われます。ならば材料はここから調達していたのではないでしょうか」

なるほど、と唸る。

「山中で見つけたもの……か」

それは、単なる事故ではないと白羽が主張する根拠のひとつだが、ここまで来る途中、特に変わったものはなかった。

「では、先まで行ってみるか」

草野たちは獣道に戻り、轍《わだち》に沿って歩いた。雑木が途切れると海が見えた。県道と並行しているようだ。

白羽の言うとおり、やや荒れ気味の墓地を通り、下り坂になるとポツリポツリと民家が現れ始めた。その中でひときわ目立つ屋敷があった。

「ここが小俣村長の？」

「いえ、村長のお屋敷はあっちです」

白羽は反対側の雑木林から頭をのぞかせる屋根を指差した。

「でも、村長の家という意味ではあながち間違いではありませんが」

表札を見ると、三好となっている。つまり春香の実家だった。

「元村長ってことか」

白羽はメガネを取り、ハンカチで顔に浮いた汗を拭《ふ》きながら頷いた。

屋敷は、平屋だが敷地面積は広く、庭もしっかり手入れされているようだ。そして、戸という戸が開け放たれており、草野は小さく笑った。

空気を入れ替えるためで、この村に空き巣なんて出ないと防犯意識ゼロなことを言っていたが、確かにわかる気がした。

さらに下ると、やはり大きな屋敷が見えてきた。敷地内に最近建てたと思われる二階建ての家もある。こちらが小俣の自宅だった。

そのまま下ると県道に出る。鏡浜まで一キロメートルほどのところだった。

「〝大変なもの〟——奥田はいったいなにを見つけたんでしょうね」

振り出しに戻されたかのように白羽が言う。

「まったくわからない」

率直に答えると白羽はわかりやすく肩を落とした。

でも——と続けると白羽は顔を上げる。

「白羽さん、言ってたよね。不自然さを感じたのは奥田がスマートフォンを所持していなかったこともあると」

「え、ええ」

「そのスマホがどこに行ったのかはわからないけど、奥田は、それを撮影していたんじゃないかなあと」

白羽はパチンと手を叩いた。

「そうか、だから犯人はスマートフォンを奪っていったのか！」

犯人という言葉をあっさり出すところからみても、思い込みが激しいというか、こう思ったら他には考えられないというタイプなのだろう。

「まだ推測だって。奪われたかどうかなんてわからないし」

白羽はつまらなそうな顔をするが、すぐに気をとりなおし、自信たっぷりの声で言う。

「しかし、人の命を奪ってでも隠したいぐらい重要なものということですよね」

「もし他殺だったら、ね。現時点では、不可解なことや怪しげなことが見えていたとしても、事故死を覆すものではない」

「じゃあどうすれば？」

「基本は聞き込み。奥田の交友関係などで、動機になり得ることを持つ人物がいなかったかどうか」

白羽はしばらく並んで歩いていたが、ふと足を止めた。

「私、聞いて回ります」

「なにを？」

「奥田に関すること全てをです。警戒されているので難しいかもしれませんが、誰かがなにかを知っているかもしれません」

先ほどの小俣が思い起こされた。村を挙げて警察官たる白羽を警戒しているようだった。

いや、それは自分も同様か。

ただの通りすがりの旅人であれば別かもしれないが、外部、とりわけ過去を知ろうとする人物に対しては極端なほどの拒否反応を示すようだ。

「わかりました。俺は――」

一緒に行こうかと思ったが、白羽は機先を制した。

「いえ、草野さんはいまは刑事ではなく、それは私のせいでもありますから、責任を取ります」

別に、白羽のせいではない。やはり思い込みが激しく、不必要に背負い込んでしまう性格のようだが、ここは任せてみることにした。

藪をつついて、なにかが飛び出すかもしれない。


春香の言ったとおり、夕方を前にして雨になった。

冷たい空気が海を渡ってきたなと思ったら、春香は早々に店じまいを始め、地面を濡らす雨粒が焼けたアスファルトの夏特有の匂いを周囲に満たしはじめる頃には、草野と連れ立って実家に向かっていた。

「思ったよりも早かったなー。ホコリを吐き出したかったのに」

実家に到着するとすぐに雨戸を閉めて回った。春香は両手を腰に当てながら、大粒の雨を降らせる鼠色《ねずみいろ》の空を見上げた。

「またいつでも手伝うよ。なにしろヒマだから」

あー、と言いながら周囲を見渡した春香は、パチンと手を打った。

「そうだ。じゃあ、今日は荷物整理を手伝ってもらおうかな」

しかし、室内を見渡しても、すでに生活感はあまりない。

「だいたいは処分したり、レンタル倉庫に預けたりしているんだけどね。もう少し残ってて」

「うん、この先どうするかわからないけど、更地《さらち》にするにも民泊で貸し出すにしても、一回全部出したいのよね」

「空にするの？」

そう言って向けた視線を追った先に土蔵造りの蔵があった。

錆だらけの南京錠《なんきんじょう》を開け、分厚い漆喰《しっくい》の扉を開く。オレンジの光に照らされた蔵の内部は埃《ほこり》っぽくも冷たい空気で満ちていて、それが蓄えた時間の長さを感じさせた。

これから、蔵のどこになにがあるのかをリストアップしつつ、状態などをまとめていくという。

家財道具や調度類はかなり古い時代のものもあるようだ。壺《つぼ》や食器類は気軽に触っていいものなのか判断をつけづらく緊張したが、一見なにに使うものなのか想像できないものもあって興味深かった。

作業をすること一時間。相変わらず雨は降っていたが勢いは弱くなっていた。ふたりは母屋の縁側《えんがわ》に座り、春香が作ったカツサンドをコーラで流し込んでいた。

「ごめんね、こんなので。次はちゃんとした夕食を出すから」

「いやいや、これも立派なディナーだよ。本当に旨いし」

春香はまんざらでもなさそうだった。

「それで、奥田さんの件は進んでるの？」

「まあ、なにかありそうな気はするけど、新発見があるわけでもなく、進んでるとは言えないかな。特にこういう時に重要な村民の証言が圧倒的に少ない」

「村の人たちは、奥田さんと揉めていたから、あれこれ詮索《せんさく》されたくないんだろうね」

草野は頷いて、最後のひとかけらを口に放り込んだ。

「ねえ」

春香がややあらたまって言う。

「警察を辞めたのって、白羽さんのせいだって言ってたでしょ？」

草野は苦笑する。

「いや、原因はあくまでも俺にあるんだよ。その監査を行ったのが白羽。監察っていうのは〝警察官の警察〟って言われるひとたちで、警察官の不祥事を取り締まるんだ」

「じゃあ、草野さんはなにかやらかしちゃったってこと？」

「まあ、そうだね。それで白羽は、他の幹部が考えていた処分では満足せずに退職を勧告してきたんだ」

「そうかあ、そんなひとが目の前に現れたら、なかなか穏やかではいられないよね」

「まあね」

春香はコーラでのどを潤《うるお》すと、意を決するように言った。

「で、いったい、なにがあったの？」

「それ、聞いちゃう？」

おどけて返すが、「ううん、ごめんなさい」と神妙になられると、草野としても気まずかった。

これまで、自分の過去を他人に話したことはなかったが、心のどこかでは話したいと思っていたのに気づいた。話すことで——ひょっとしたら軽蔑《けいべつ》されることで、自分を罰《ばっ》したかったのかもしれない。

遠くの西の空で雷が光った。雷鳴は聞こえなかったが、雨音が周囲を包んでいた。

愉快な話ではないよ、と断って、草野は話し始めた。

「誘拐《ゆうかい》事件があったんだ。小学生の女の子の行方がわからなくなってね」

春香は聞いたからには、一語一句逃してはならないと、体をやや捻って、まっすぐに草野を向いた。

そして草野も、逃げてはならない過去と向き合うように、しっかりと春香を見る。

「残念ながら女の子は助けられなかった。さらに犯人までも」

捜査の手が伸びてきたことを察した誘拐犯は、少女を殺害して河川敷に遺棄《いき》すると、自らも首を吊って死んだ。

犯人を逮捕することも、少女を助けることも、どちらも叶わなかった。

それから一年後、少女が発見された現場に花を手向《たむ》けた草野は、最寄り駅のホームで、電車に飛び込もうとした男を救助する。それは、被害者の父親だった。

聞けば妻は事件後に精神を病んでしまい、後を追うように死んだ。ひとりになった父親は絶望の縁にいたのだった。

ＳＮＳの存在もまた、夫婦を追い詰めていたことがわかった。

誘拐犯は身代金目的ではなく、少女の親を装って、散歩や買い物に連れ出すなどしていた。その姿を多くのひとが目撃していたのにもかかわらず、都会の無関心さが事件を最悪の結果へ招いた。

そして、それを面白おかしく書いていた者もいた。

――よく、うちの店に来てたなー。全然気づかなかったよー、なんでも好きなものを買ってもらって嬉しそうだった。本当の親よりも幸せだったんじゃないかな。

――誘拐されたのって、親が目を離してたからでしょ？　育児放棄か？　親が悪いよ、そんなん。

——親が虐待《ぎゃくたい》してて、犯人はその子を救い出したんじゃない？

——一緒にお風呂に入れてあげてたんだろうなー。

それらの投稿を見て、怒りと悲しみが瞬間的に沸騰《ふっとう》したあと、絶望し、死のうとしていたと、父親はつぶやいた。

草野は、事件を解決できなかったという自責の念もあって父親と会うようになった。再び自殺を試みないよう見守るという意味もあった。

そのうち、父親がある思いに支配されていることに気づく。

——なんとかしてこいつらを突き止めて謝罪させてやりたい。

その瞬間、草野は父親の生への執念を見た。たとえ誰かを憎むことであっても、それを糧に生きてくれるのではないか。

「情報開示請求っていって、裁判所が認めればＳＮＳの投稿主の個人情報の一部を教えてもらうことができる。でも訴訟が前提で、名誉毀損《めいよきそん》などを証明しなければならず、ハードルは高いんだ。知り合いの弁護士に相談したんだけど、見込みは低かった」

「そうかあ。そしたら、そのひと、また希望をなくしちゃう……」

「ああ、実際にそうだったよ。このままだとまた家族の後を追ってしまう。そう思って……」

霧《きり》のようなきめの細かい雨が、そよ風に乗って体全体に纏《まと》わり付いていた。

「そう思って、俺はヒントを与えたんだ。写真に写り込んでいる風景やモノなどから行動範囲を推察したり、ひとつだけじゃなく、他の情報と組み合わせたりすることで個人を特定できることもある、って。そしたらまた懸命になって探し始めた。負のエネルギーだけど、少なくとも死ぬことはないと思ったし、生きてさえいれば、そのうち別の生きがいに出会ってくれるんじゃないかとも思った。でも、やがて俺の仕事が忙しくなったりして、いつしかそのことを忘れてしまった」

「そのひと、大丈夫だった？」

「そのひとは……本当に投稿主を突き止めてしまったんだ。そして、怒りから投稿主を殺してしまった。つまり俺は、復讐《ふくしゅう》を手伝ってしまったんだ」

　春香は息を呑んだ。

　それから言葉が見つからないようで、しばらくは両膝に置いた自分の手をもじもじと動かしていた。

「でも……草野さんが教えなくても、別の方法でいずれ突き止めていたかもしれない」

　ようやく言った。

「上司らもね、そう擁護してくれたよ。でも白羽はそうは思わなかった。そして、自分自身も許せなかった。だから、警察を辞めることにしたんだ。自分にそんな資格はないって」

春香の目が潤んでいるのがわかり、草野はあえてとぼけてみせた。

「いやー、それなのに、こんなところで出会っちゃうんだもん。お互いに気まずいやら」

春香はどう反応すればいいのか戸惑ってしまったようだ。様々な感情が入り交じった複雑な表情をしていた。

そこに、びしょ濡れの男が飛び込んできた。

「あー、やっぱりここでしたか！」

白羽は縁側の屋根の下に体を入れると、水滴で覆われた眼鏡をハンカチで拭いたが、そのハンカチもまた濡れていて顔をしかめた。そこで、いくらロボットでも妙な雰囲気に気づいたようだ。

「あれ、えっと……出直しましょうか」

「いえ、お仕事の話ですよね、どうぞ。お茶でも用意します」

春香は濡れた足跡を廊下《ろうか》に残しながら、奥へ消えた。

それを目で追った白羽が言った。

「なぜ泣かせるようなことをするんですか」

なにかあったんですか？　などのプロセスをすっとばして白羽が敵意に満ちた顔を向けた。

やはり思い込みが激しい男だ。

「誤解だよ。あれは……俺の実家で飼っていた犬が死んだって話をしただけで」

「ほんとに？」

「うるさいな。で、なにかあったの？」

白羽は監察官らしく追及し足りない顔をするが、特ダネを摑んだ記者のように、どうしても伝えたくて仕方がなかったようだ。

とっておきの話をしてやる、とばかりに隣に腰を下ろした。

「小俣村長と奥田の間には揉め事があったようです」

「というと？」

「どうやら、奥田は竹を取るために山深く入り込み、うっかり小俣の土地に足を踏み入れてしまったようです」

竹藪を抜けた、墓地のあるあたりから小俣の所有する土地になるらしい。

「この屋敷もそうよ」

振り返ると、盆に湯呑みひとつとタオルを乗せた春香がいた。白羽はそれらをありがたそうに受け取った。

「このお屋敷は、うちのおじいちゃんが村長になった時に譲ってもらったみたいだけど、だいたいこの周辺の山とかは小俣家の土地。ざっくり言うと、小俣家の土地に村ができたみたいな感じ」

草野は用心深く聞いた。

「もともと奥田と住民との間にはいろいろあったけど、ついに村長の土地にまで入り込んでしまって逆鱗《げきりん》に触れた。ならば彼が見つけた〝大変なもの〟というのは、村長の土地で見つけた……ということになる」

白羽は頷いた。その動きで雨の重みで垂れ下がっていた前髪から、水滴がふたつみっつと落ちた。

「私もそう思いました。では、さっそく村長に立ち入りの許可を――」

「あのさ」

草野は遮った。

「許可してもらえなかったらどうするつもり？」

「え？」

「違法な捜査をして得た証拠は採用されないよ」

釈迦《しゃか》に説法とばかりに白羽は声のボリュームを上げる。

「ええもちろん。だから許可を……」

「俺が言いたいのは、許可してもらえなかったら知ることすらできないってこと。もし奥田が見つけたものが小俣の土地にあり、それが激怒《げきど》の元だったとすると、自分が疑われることになるのがわかっていながら任意に応じるかどうかはわからないし、かといって令状も取れない」

「じゃあどうすれば」

草野は立ち上がって背伸びをする。

「俺は刑事じゃないんで。しかも旅人で土地勘がない。うっかり他人の土地に入り込んじゃうこともあるかもしれない」

白羽は言葉が出ないようだった。

「あ、いまのは俺のひとりごとな」

そう言ってコーラを飲み干した。

5

トモじいさんは、九十になる老人で、かつてはこの村唯一の医者だったという。交通機関がいまほど発達しておらず、陸の孤島だっただけに、村長と並んで有力者だった。

「いまでもバスは少ないがの」

そう言いながら、やや仏頂面でメロンソーダを啜るのは、基本的に草野たちよそ者を歓迎していないからだろう。

草野が村の物知りに話を聞きたいと春香に言ったところ、朝からメロンソーダを求めてやってきたトモじいさんを捕《つか》まえた。

はじめは警戒心が丸出しだったが、春香を取り上げた者として、孫にも等しい感情を抱く彼女に頼まれれば嫌とは言えないようだ。

「で、なにが知りたいって」

ぶっきらぼうに聞くトモじいさんに、草野はスマートフォンで写真を見せた。

「この竹の切り株なんですが、これとこれ、違うのはなぜかなと」

トモじいは老眼鏡を通してそれらを見ると、ふん、と鼻を鳴らした。

「そんなことも知らんのか。道具が違うから当たり前だ」

「といいますと？」

「切り口がキレイなのはノコで切ったものだ。ほれ、真横に切れておるじゃろ」

「確かに」

「で、こっちのザクザクなのは柄鎌《えがま》を使ったものだ。斜めに振り下ろして切るんじゃ」

「柄鎌ですか」

草野はインターネットで検索した。

柄鎌の種類は様々あったが、一メートル前後の柄の先に弧を描いた刃が付いているものが多い。一般的な草刈り鎌は片手で使うことを想定しているが、柄鎌は両手で持ち、ハンマーのように叩きつけて切るところから、むしろ斧《おの》に近いかもしれない。違いは、刃が外を向いているか内を向いているかだ。

「扱いは難しいが、慣れると竹を切り倒すのは柄鎌のほうが速い」

もう一度、写真を表示させて、何枚がめくってみた。答えがわかってしまえば、切り口の違う竹があっても不思議ではない。

空振りだったか、と思った時、トモじいさんが言った。

「ああ、そりゃだめだ」

「え？　なにがです？」

「写真を戻せ、その次、それ」

それは竹に付いた傷を写真に収めていたものだ。クローズアップしたもの数枚と、やや引いて撮ったもの。

「柄鎌っていうのは、根元を狙って斜めに切り落とさないといけん。上のほうになればなるほど、竹はしなやかに曲がって力を逃がすからの。それに、竹の節と節の間じゃないと刃が止まる」

いま表示している写真に写る傷は、節のすぐ上あたりに付いている。胸の高さくらいの位置なので、ほぼ真横に振ったことになる。

「竹の場合はバットを振るようにしてもいかんのじゃ」

傷はあちらこちらにあった。ということは、初めのうちは使い方がわからずに振り回していたが、コツをつかんで、いまでは切り落とせるようになったということだろうか。

「ほれ、見てみ。こっちの傷はずいぶん高いところにあるじゃろ？　竹ってのは成長スピードが速いからの。おそらくこれらの傷は、竹がまだ若い頃に切ろうとしたけど切れなかったという跡じゃろうな」

草野は写真を眺めて、また唸る。

「ちなみにどれくらいのスピードで伸びるんですか？」

「竹の若さにもよる。一日に数センチの時もあれば、一メートルくらい伸びる時もある」

「一日に、一メートル？」

「そうじゃ。これはマダケだから、そのまま二十メートルくらいまで一気に伸びると、あとは根っこを広げて子孫を残す」

はあ、と感嘆のため息をつきながら考える。

傷の位置を考えると、せいぜい一ヶ月くらい前に付いたものだろう。しかし奥田はここに来たのは一年ほど前のはずだ。竹の扱いには慣れていたはずだが、それまではノコギリだけで柄鎌を使ったことはなかったのだろうか。

「で、お前はどういう関係だ」

「関係、といいますと」

「春香だ。都会風を吹かしてたぶらかそうとしているなら許さんぞ」

草野は手を横に振る。

「違います、そんなことではありません」

「いいか、春香はこの村を愛しておる。決してこの地を離れん。それをいいことに刹《せつ》那《な》の色恋沙汰《ざた》をしようものなら黙っていない。流れ者の出る幕ではないわ」

「いえ、ですからそんなつもりじゃ」

「なにがー？」

春香がトモじいさんの肩に手を置き、コーヒーを置いた。

「なんの話をしてたの」

草野は鋭い目で睨みつけるトモじいさんに愛想笑いをした。

「えっと、竹について教えてもらっていたんだよ」

竹といえば、ほぼ自動的にバンブーアーティストの奥田が思い起こされるのだろう。

春香は表情をやや曇《くも》らせた。

「いやあ、竹はしなやかで強い。まるで春香さんのようだね、と」

慌てて付け加えると、春香もあまり追及することではないと思ったのか、まあね、と笑いながら戻っていった。

「で、あんたはなにを調べているんだ」

春香の後ろ姿をぼんやり眺めていた草野に、藪睨みの視線がふたたび突き刺さった。

「竹の切り方が、あの男が事故で死んだことに関係があるのか」

「えっ、いえ……」

草野は居住まいを正した。

「事故については、正直、なにもわかっていません。事故の詳細というよりも、彼がこの村でどう過ごしていたのかに、いまは興味があります」

ふうん、と言って、値踏みをするように草野を見た。

「この村の連中があんたや、あんたの連れが――」

白羽は連れではないが、話の腰を折るとめんどくさそうだったので、黙って聞いた。

「敬遠されている理由はわかるか。ここが観光地化されてたくさんのひとが来るようになったとしても、わしらはこれまでの生き方を変えたくない。もう、しんどいんじゃ」

草野は静かに頷いた。

「わしらを尊重し、干渉しないでくれる者なら構わん。じゃけどな、あんたらは違う」

「いえ、決してみなさんのご迷惑にはならないようにしているつもりですが」

「ええか。時の流れは一方通行だ。進み方が速く感じたり、遅く感じたりすることはあるじゃろうが常に一方向にしか進まん。じゃが、あんたら部外者がやっていることは、時間を巻き戻し、せっかく寄り添って過ごしてきたわしらの時間を壊すことだ」

頷きながら、頭の中で言葉を咀嚼《そしゃく》する。

「わしらは老い先が短い。日々を静かに、数日先のささやかな未来を見ながら過ごしている。それを壊されるのがいやなんじゃ」

「よくわかります。みなさんの生活に波風をたてるようなことは、決して本望《ほんもう》ではありません。ただ、間違った認識のまま先に進んでしまうのは、やはり違う気がするんです」

「あんたには消し去りたいと思う過去はないのか」

目の奥を覗き込まれるようで、草野は思わず息を呑んだ。

「ほらな、程度の差こそあれ、誰しも人生には触れられたくない傷ってものがひとつやふたつあるもんだ。頑張って忘れたとしても、その傷に触れられたら時間は一瞬で戻ってしまう。そして、その時に経験した辛さをまた味わわなけりゃならんことになる。あんたらがしているのはそれと同じなんだ」

気持ちは理解できる。ただ、同時に違和感も抱いた。

この村には触れてほしくない過去があるのではないか。ひょっとして、奥田はそれを見つけてしまったのではないか……。


時計が正午を打った頃、草野は竹藪を抜けた。

獣道に沿って右に曲がれば墓地を抜けて春香の実家に出るが、『土地勘のない観光客が迷ってしまい』まっすぐに進んだ。

竹のエリアはなくなり、いまは背の低い雑木林に変わっている。その分、太陽光が届くからなのか、竹林よりも雑草が表面を覆っていた。

そこに、コンクリート製の境界抗を見つけた。横方向に視線をやると、十メートルほど離れて別の境界杭が見えた。つまりここから先は小俣の土地であることを示しているのだろう。

それを境に歪な地形になり、傾斜が強くなる。昨日までに降った雨で地面は緩く、何度も足を取られた。

しばらく登って多少見渡せる場所に出たが、ここまで特に気になるものはなく、また誰かが立ち入った形跡も見られなかった。

小俣の土地に〝大変なもの〟があるのだと思ったが、そもそもその土地がどこまで続いているのかがわからない。

汗を拭い、持参したスポーツドリンクを飲んで乱れた息を整えた。腐葉土《ふようど》が溜まった斜面では足を取られてしまい、普段使わない筋肉を酷使したせいか、すでに体のあちらこちらが痛かった。

一息ついて、尾根沿いに歩いてみることにした。風は時折抜けてくれるものの、蝉の声が近いこともあって暑苦しさを感じてしまう。

突然、靴が脱げてしまいそうなほど埋まってしまい、慌てて体勢を立て直す。これまで雑草が地表を覆っていたが、下を覗くと、斜面に沿って五メートルほど黒い土が剝《む》き出しになっていた。

俯瞰してみて気がついた。この一帯が崩落しているのだ。

長雨の影響で地盤が緩んでしまったのだろう。だとすると、いま草野が立っているところも崩れてしまうかもしれない。

後戻りをしようとした時、眼下の木々の隙間から人影が見えた。墓地の脇の獣道を進む老人の歩みは遅く、やり過ごすまでに時間がかかりそうだなと思っていたら、その老人が足を止めてこちらを向いた。

草野は木の陰に身を隠していたが、さらに縮こまりながら、葉の隙間から様子を窺った。老人は崩れた斜面に両手を合わせ、しばらく頭を深く下げると、また来た道を戻っていった。

毎日の散歩コースなのだろうかと思ったが、いったいなにに手を合わせたのか。

草野は獣道まで下りて、見上げてみた。すると長さが一メートルほどの小判のような楕円形《だえんけい》をした石が斜面に転がっているのがわかった。さらに視線を上げると、小ぶりな石がみっつ、コの字形に組まれている。

どこかで既視感があった。

あっと思って奥田のSNSを開くと、過去の投稿を遡った。それは奥田が村に来た頃、探検よろしくこのあたりを歩き回った時のものだった。

小さな祠《ほこら》の写真だった。崩れる前は、いまよりももっと上の稜線《りょうせん》に近いところにあって、小判状のものは、組まれた岩の上にあったようだ。

『裏山に一歩足を踏み入れると、そこはスピリチュアルな雰囲気でした』

とコメントが載せられている。

その写真では斜面には緑が覆っているので、土の状態から考えると、崩れたのは比較的最近なのだろう。

おそらく崩れてしまった祠を元通りにしようとしたが、大きなものは動かすことができず、こうして中途半端な位置にそれぞれがあるのだろう、と先ほどの老人を思い浮かべた。

試しに岩の下に手を入れてみるがやはり重かった。なんとか立てることはできたが、持ち上げて移動させるのはひとりでは無理だ。

諦めて岩を戻そうとした時、足元に茶色っぽいなにかが目に入った。数センチほどのものだが、土の中に埋まっている。

草野は石板を反対側に倒し、両手でその周辺を掘ってみた。土は緩く、簡単にかき分けることができた。掘り起こされたものを手に取り、様々な角度から眺め、そして思わず後ずさった。

それは手に持っていたくないものだったが、かといって投げ捨てることもできず、そっと地面に置いて、あらためて祠を見上げた。

草野は写真を撮ると、できるだけ元の状態に戻した。様々な情報が脳内を駆け巡るが、ひとつだけ確信することがあった。

――もう後戻りはできない。

そして、あの老人のように両手を合わせた。

それは、明らかに人骨だった。


晴れていれば夕日が見られるはずの鏡浜は霧のような繊細《せんさい》な雨で包まれていた。

キッチンカーから張り出したオーニングの下に草野と白羽は肩を寄せ、カウンター越しに春香からコーヒーを受け取った。

白骨のことを伝えると、ふたりとも驚いていた。白羽は県警に連絡し、サンプルの採取と鑑定の手配を行った。現時点ではそれが牛や馬である可能性は否定できないため、いまはその結果を待つしかない。

「そういえば、あの祠には近づくなって子供の頃から言われてたなあ」

春香が細い腕を組んで項垂《うなだ》れた。

「あの祠は、誰かを祀《まつ》っているというよりは、村の守護神、山の神みたいな感じで聞いてたから、ちょっとびっくり」

草野は頭の中を整理して、ゆっくりと、自分に言い聞かせるように語った。

「これまでに起こったことを総合すると、あれは人骨だと思う。しかも、火葬ではなくて、土葬したもの」

春香が眉根を寄せた。

「火葬すると有機成分が燃えてなくなるから骨はかなり脆《もろ》く細かくなるし、色も抜けて白か茶色になるけど、俺が見たのはしっかりと形を保ってた。あのあたりを調査すれば衣服や所持品も発見されるかもしれない」

白羽はカップを口につけたものの、コーヒーは飲まずにため息をついた。

「確認させてください。この村で、いったいなにが起こっているんですか」

春香も同感とばかりに、伏目《ふしめ》がちだった草野を覗き込んだ。

「まだ推測だけど、これまでにわかっていることを順番に並べてみると……」

草野は頭の中で何度も反芻《はんすう》し、慎重に言葉を繋いでいった。

「まず、奥田がこの村にやってきたのが一年前。母屋と山林を購入し、移住した。その頃、山を歩き回り、あの祠をＳＮＳにアップしている」

ふたりがこくりと頷くのを見てから続ける。

「あの祠があるあたりは小俣家の土地。ふたりが言い争っていたのは、小俣家の土地に入り込んだからだとされていたけど……」

「違うんですか？」

白羽が聞いた。

「もちろんそうなんだろうけど、あのあたりの獣道は他の住民も日常的に通っている。奥田だけに怒りを向けるのは違う気がする」

今度は春香が言った。

「確かに、あの道自体は、子供の頃からよく通ってたよ。たとえば役場に行く場合、特にウチからだと一旦県道に下りるよりも山を突っ切ったほうが早いの」

「立ち入り禁止のサインもなかったし、いちいち目くじらを立てなかったんだろうね。つまり小俣村長の逆鱗《げきりん》に触れたのは、祠の存在を知られただけでなく、ＳＮＳにアップしたからではないかと」

春香は頷いた。

「できればネットに上げられたくなかった？」

「そう。村人は、あの祠の存在についてはすでに知っているからね。でもネットで晒されると興味本位で訪れるひとが増えたり、由来を調べようとするひとが出てくるかもしれない。しかし小俣村長はそれを望んでいなかった。奥田が孤立していったのは、これがきっかけだったのかもしれない」

なるほど、とふたりは頷いた。

「春香さんの世代は知らないようですが、小俣村長や村の老人たちは、あそこに人が葬《ほうむ》られていることを知っていたんじゃないかな」

「そして、できれば知られたくないと思っている？」

「そう。土葬されていることから考えると、通常の死ではない気がする」

つまり、埋葬ではなく、遺棄。

その意味を悟って、ふたりが息を呑んだ。

「訳あって、あそこに埋められたひとがいる。おそらく何十年も前の話なんだろう。それがいまになって大雨で崩れてしまい。埋められたひとの骨が出てきた。それを奥田は見つけたのかもしれない」

「山中で見つけた『大変なもの』というのは人骨ということですか……」

考え込んでいた春香がはっと顔を上げる。

「ちょっと待って。それじゃあ、奥田さんはその人骨を見てしまったから殺されたというんですか？　どうして？」

「それは正直わかりません」

間違いないだろうという勢いだった白羽が抗議をするように言う。

「でも繋がりを考えるとそういうことですよね？」

「いや。短絡的にそうとは言い切れない。春香さんが言うとおり、骨を見ただけで殺されるだろうか。骨を見られると都合が悪い者がいたとしても、命を奪うほどのことだろうか。もしそこまでエスカレートするなら、もっと詳細な情報――たとえば、その骨の人物の名前や、すぐ近くにある墓地ではなく山中に葬られている理由、そして公にしてもらっては困る理由。それらを奥田が摑んでいて、かつ何者かが脅威に思っていることが条件になる」

「確かに、骨を見ただけなら、殺されるほどのことではなさそうですね。それが誰なのかを知っていれば別ですが」

春香は考え事をするように、視線を天井に向けた。やがて、それが草野に下りてくる。

「奥田さんは去年、祠を発見し、ネットに上げて小俣村長と口論。それをきっかけに村民との間に軋轢が生まれた。そして数ヶ月前に崩れた斜面から白骨を発見した……

……」

白羽は唸った。

「次にやるべきは骨の鑑定、そして小俣村長の聴取ですね。彼の土地から出た遺体が埋葬許可を得たものでなければ、死体遺棄罪の可能性もあります」

草野はまあまあ、と暴れ馬を押し止めるようなしぐさをした。

「すぐ近くに墓地があったから、かつてはあそこも墓地として設定されていたかもしれないし、土葬は許可が必要なものの絶対にできないわけでもない。それと、骨はかなり古いものに見えた。『墓地、埋葬等に関する法律』の制定前かもしれないし、そうなると、年齢的に小俣村長が関わっているとは限らなくなる」

墓地、埋葬等に関する法律ができたのは、終戦から三年後の昭和二十三年だ。もし骨がそれよりも前のものだったとすると、法律違反ではないし、特に戦時中は曖昧だったろう。

「またトモじいの出番かな。あの祠がいつからあるか、それと誰を祀ったものなのか聞いてみるよ」

春香が言って、草野は、トモじいの渋面《じゅうめん》を思い出した。厳しいひとだが、質問や願いごとなど、春香の頼みであれば、なんでも応えてしまう姿が浮かんだ。

「トモじいさん？」

白羽が聞いた。

「ええ、この村の生き字引みたいなひとだけど、頑固者なので扱いは春香さんにまかせましょう」

白羽は頷いて、コーヒーを飲んだ。ため息をついて海を眺め、それからまた深いため息をついた。

そんな挙動不審《きょどうふしん》な様子に、草野と春香は顔を見合わせたが、放っていたら白羽は突然足を強く踏み始めた。声にはなっていないが、くそっ、くそっ、と感情を叩きつけているような感じだった。

「えっと、どうした？」

草野が言うと、白羽は向き直り、しばし目を合わせたあとにがっくりと項垂れた。

「ここ数日、草野さんと過ごしていますが、わかるんですよ」

「なに……が？」

「草野さんが優秀な刑事だったということが」

返答のしようがなく、また春香と目を合わせた。

「それなのに、私は……あなたを……。警察の損失です……」

それから、すいません、すいません、と繰り返しながら何度も頭を下げた。

「え、えっと。ちょっとやめてもらっていいかな」

「私一人じゃなにもできないのに……どっちが警察にとっての悪なのか……」

「あなたは別に間違ったことをしたわけじゃないでしょ。警察官として責められることをしたのは俺のほうだから」

草野はキッチンカーのオーニングの外に出ると、空を見上げる。小さな、それでもきめ細かい雨粒が顔を濡らした。

「それに意外とね、いまの生活も嫌いじゃない。警察にいたら、ここの景色には出会えなかっただろうから」

それからふたりに向き直る。

「ま、将来性はないけどね」

イタズラっぽく笑い、笑みを引き出した。

「彼女さんと別れたのも、その性格のせい？」

春香が頰杖《ほおづえ》をついて笑う。

「まて、性格についてとやかく言われるいわれはないぞ。いろいろあったけど、性格の問題じゃない……そうじゃないはずだ……たぶん」

電話して聞いてみる？　と春香がおどけてみせて、白羽も笑った。

こいつ、笑うんだな。

春香がトモじいさんに祠について聞いたところによると、祠ができたのは終戦直後だったのではないかということだった。

当時のトモじいさんは十歳くらいで、大人たちが祠をつくっているのは覚えているが、それがなんのためだったのかは理解していなかったという。ただ、この地で行き倒れた遍路さんだったとも聞いていたようだった。

そして、白羽は小俣に聴取を行った。

小俣本人は関係していないかもしれないが、小俣の土地から人骨が発見された以上、話を聞かなければならない。

「それが、知らない、の一点張りでした」

白羽が額に浮いた汗をハンカチで拭いながら言った。

今日は朝からかなり蒸し暑く、春香は氷をたっぷり入れたアイスコーヒーを出して

6

くれたが、さりげなく石製のコースターを置いた。

草野が珍しそうに見ていると、観光推進協会長たる春香がまくしたてた。

「これは高松の庵治石《あじいし》。ほら、ここ見て、研磨すると独特の光沢《こうたく》――斑《ふ》って呼んでるけど、これは庵治石にしかない特徴で、高松城だけじゃなく、大阪城とか、首相官邸にも使われているのよ」

地元の石材所などで出る端材《はざい》を使ってなにかできないかと、春香が音頭《おんど》をとって始めたらしいが観光案内というよりは、土産物屋のトップセールスマンのようだった。

太陽をダイヤモンドのようにキラキラと反射させる斑は確かに綺麗だった。止まらない春香の解説によると、高松のシンボル的な屋島《やしま》の神仏が、源平合戦で敗れた平家を哀れみ、庵治石に桜の花びらを舞い散らせて映し出しているという言い伝えがあるらしい。

白羽は話を聞く時はカップを置くのが礼儀だとばかりコーヒーを持ち上げては下ろすを繰り返していて、まるで、昭和のサラリーマンが宴会で上司の話を聞いているようだった。

真面目かよ、と草野はほくそ笑んだ。

草野は車から持ってきた小型扇風機とポータブル電源を接続する。湿った空気でも、ささやかな涼をもたらしてくれた。

奥多摩の所轄署に捜査本部が置かれた時、会議室のクーラーが故障して扇風機でやり過ごしたことがあったが、向かいに座る白羽が眉根を寄せながらメモ帳をめくる姿を見ていると、さながら、このカフェは捜査本部のようだな、と思って、どこか懐かしかった。

「それで、発見された骨については調査中です。現在はサンプルを香川大学と科捜研《かそうけん》それぞれに送っていて、人骨であることがわかれば、県警が全身骨格の発掘と鑑定に入る予定です」

「小俣村長がそれを許可したんですか？」

自らもアイスコーヒーを啜りながら横に立っていた春香が、意外そうな顔をする。

「ええ、人骨が出土した時は、それがたとえ弥生《やよい》時代のものであっても警察への届出が必要になります。警察はそれを受けて事件性の有無を調査する義務があるんです」

へえ、と感心したような返事がきた。

いまは鑑定結果を待つしかない。

高松の支部に戻るという白羽を見送ったあと、草野はそろそろ原稿なりを上げてやらないと綾子の怒りを買いそうだ、とパソコンを開いて過ごした。

「居座るのはいいけど、コーヒー一杯で済ませようなんて思わないでよね。ここは都会のカフェじゃないんだから」

「コーヒー破産しそうだ」

軽口を吐きながらも、混み合えば退散するという常識くらい持ち合わせている。

夕方から雲は晴れ、夕焼けが空を赤く染めるようになった。すると、普段よりも多くの若者たちが訪れる。草野は防波堤に腰掛けて、それぞれが海を眺める様子を見ていた。

水位や風の関係で、今日はあいにく『鏡』の状態にはならなさそうだったが、それでも美しい浜辺には変わりがなく春香も忙しそうにしていた。

陽が落ちると共に、刹那の賑やかさは霧散《むさん》した。

店じまいをする春香を眺めていると、かつての恋人が思い出された。

武蔵野警察署だった時の同僚の刑事で鋭い眼光の持ち主だった。事件を見通す刑事としての能力は草野よりも上だっただろう。

それでも自分が本庁に呼ばれたのは、社交性かもしれない。

彼女は人付き合いが苦手だった。八方美人という言葉とは無縁で、上司にも部下にも愛想がない。

ただ、自分にだけは違った。ふたりでいる時は柔らかい表情になったし、下手な冗談でもケタケタと少女のように笑ってくれた。

それを一変させたのは、やはりあの誘拐事件だった。

その時はすでに捜査一課への異動が決まっていた草野は、未解決のまま所轄を去ることになった。そして自身が新たな職務に忙殺《ぼうさつ》され、やがて彼女との連絡はなくなった。

春香は正反対の性格だが、仕事に対して真摯《しんし》で熱心に動き回る様子が、かつての恋人を思い起こさせるのだろう。

「戻りました」

夕方になった頃、その声に振り返ると白羽だった。

「鑑定の結果が？」

「いえ、まだ時間がかかりそうですが、これまでのところ草野さんの見立てどおり、かなり前に土葬された人骨のようです。トモじいさんの記憶が確かならば、この地で倒れたお遍路さんという可能性もありますよね」

空海《くうかい》の修行に由来する四国八十八ヶ所を巡る遍路の旅は全長で千二百キロメートルに及び、険しい山を登ることもある。過酷《かこく》ゆえに己と向き合い悟りを開くというものではあるが、現在では交通網の発達もあり、かならずしも全行程を歩く必要はない。車やタクシー、観光バス等のツアーもある。また休暇《きゅうか》に合わせて複数回に分けて行う『区切り打ち』や、道中の飲食店や温泉、宿泊施設の充実もあって現在の敷居は低くなっており、海外からの巡礼者も多い。

しかし、かつてはさまざまな面で過酷であったことは想像に容易《たやす》い。遍路が白装束を纏《まと》っているのは、険しい遍路道の道中で行き倒れてもそのまま荼毘《だび》にふせることができるよう、死装束だという説もあるくらいだ。

「特に戦後は、亡くなった戦友を偲《しの》んで遍路に出る帰還兵も多かったようですが、食料事情も悪かったでしょうから、道半ばで亡くなったり、遍路をやめて途中の町に根を下ろしたりすることも多かったでしょうね」

春香が以前言っていたことによると、このあたりは、八十八ヶ所のうち、六十八番から七十番までの霊場が近い。巡礼の途中でここに立ち寄ることもあっただろう。

「ただ、その場合わからないのは、奥田がそれを見てしまったとしても、殺されるような理由にはならないということですよね」

草野は頷く。

奥田の死に疑問を抱かせる事柄はいくつかあるが、それらが繋がりを持っていない。

ひょっとしたら奥田はただの事故死で、我々の勇足だったという可能性も無視できないほど高いのだ。

「いまは、調査報告を待つしかないな」

「あら、白羽さん」

春香が紙製のカップに入ったビールを手にやってきた。

「お酒の販売許可は取っているんですか？」

白羽がすかさず聞いた。

「うわー、なんか白羽さんって、製品の取扱説明書とか、ながーい使用許諾書とかを最後まで読んでそう。同意するとかしないとかってやつ」

「え、読んでないんですか？」

草野は思わず吹き出した。

「俺は読まないな。一日が終わる」

「じゃあ、読まないで同意をクリックしているんですか？」

今度は春香も吹き出した。

「白羽さんって、面白い」

「そうですかね、初めて言われました」

「えっと……、褒めてない」

豆鉄砲を喰らった鳩《はと》のような顔の白羽に、ふたりは笑う。

「ちゃんと許可取ってますよ。ただ、未開封では販売できないので、こうしてカップに移しているわけです。ほら、この村には酒屋やコンビニすらないから、あなたたちがいなければ、地元のじいちゃんばあちゃんたちで賑わっているはずなのよ」

白羽は恐縮しながら、私は車なので、と断ったが、草野にそのいわれはない。

「五百円です、毎度」

草野は苦笑する。

「観光客にはお金を落としてもらわないとね」

「無職だけどね」

それぞれが、それぞれに考え事があったのか、それからどうしたわけか三人の間に会話もなく、ただ海をひたすら眺めていた。

7

骨の調査報告が出てきたのは翌日の昼のことだった。

浜辺の捜査会議室では、普段は草野と白羽は対面に座るが、いまはテーブルに報告書が置かれているので、ほぼ隣り合うような位置になっている。

「現場から採取した骨のうち、香川大学に送ったサンプルはヒトの尺骨《しゃっこつ》で、成人男性、三十代から五十代。埋められてから五十年から七十年が経過しています。県警科捜研のサンプルはヒトの腓骨《ひこつ》で、性別、年齢、埋葬されてからの経過年数も、香川大学の報告とほぼ同じです」

村役場に埋葬の届出が残っていれば、氏名や死因、土葬の理由がわかっただろうが、それらはなかったため、警察としては調査しなければならない。

「これを受けて県警本部が動きます。緊急性が低いので規模は少ないですが、明日の朝一番から全身骨格を掘り出すそうです」

爽やかな海を眺められるテーブルに座りながら、物騒な話は続く。

「ただ、事件性があるかどうかはまだわかりません。もし自然死だった場合、遺体の遺棄について違法性を問えるかどうかも不明です。高知県の一部集落など土葬を許可しているところもありますし、戦中戦後の話であれば違法性があったとしても時効です。東日本大震災の時など、一時的に土葬が許可されたケースもあります。いずれにしろ奥田との繋がりがわかりません」

白羽はこのあとどうすべきか考えあぐねているようだった。

「情報を整理して考えるのが捜査の基本だ。白骨と奥田の死に関係があるとすれば、〝白骨を見た奥田の存在が非常に困る人物〟の特定と、その理由を探すこと」

そうですね、と白羽は頷いた。

そして夜明けと共に駐車場が騒がしくなった。眠ることができずにチラリと顔を出すと、そこには窓に金網《かなあみ》が付けられたマイクロバスとトラック。どちらも警察章があった。

下手に出て見咎《みとが》められるのもいやだなと思っていたが、白羽の姿が見えて、草野はスライドドアを開けた。

無人だと思っていた車から突然ひとが出てきたものだから、活動服姿の警官たちの数人はぎょっとしたようだが、愛想笑いを残して白羽に声をかける。

「ああ、草野さん。おはようございます」

「捜索？」

「はい。大型車が停められる駐車場はここが最寄りだったので。すいません、起こしちゃいましたね」

「いや、それにしても結構集まったな」

人骨とはいえ、それが古いものであるため緊急性はない。そのため捜査本部などはたたないだろうし、多くの人員を割《さ》くほどの優先度もない。それでも二十人くらいはいそうだった。

「田舎の警察の割には、でしょ」

白羽は県警職員に聞かれないように小声で言うと、こっそり笑ってみせた。

「これから回収に向かいますが、おそらくお昼までには終わると思います。そのあと役場の土木課の連中が土砂崩れの危険性がないかを確認するまでは現場は封鎖になります。祠はなるべく体裁を整えますが、私有地なので、それ以上のことは小俣村長の実費になるそうです」

警察官たちが整列を始めた。作業の割り振りをするようだったので、草野はその場を離れ、砂浜を歩いた。

干潮は未明だったようで、いまは満ちはじめている。それでも砂浜は広大で、ところどころ残る潮溜まりが朝焼け空をぼんやりと反射させていた。

「私が惚《ほ》れる理由がわかるでしょ」

振り返ると春香がいた。ふわあ、とあくびをする。

「あれ、なんで。ずいぶん早いね」

「白羽さんに頼まれたの。警察官への差し入れ」

「え、そうなの？　なんかすいません」

草野は警察官を代表するように頭を下げた。

「いやいや、それがまた、二十人分のコーヒーとサンドイッチセット。ありがたいわあ。あ、これって癒着《ゆちゃく》になるのかしら」

春香はそんなことは微塵《みじん》にも思っていないように笑う。

「将来、困ったことがあったら、領収書で白羽を強請《ゆす》ればいいよ」

ひとしきり笑い声を重ねたあと、春香がポツリと言う。

「この村って、ほんとになんもなくて、平和というか平凡だったから、あれだけの警察官が来るのがすごく違和感がある。だって、派出所すらなくても困ったことなんてなかったのよ」

これから、なにか突拍子もないことが起こるのではないかというような、不安気な色が浮かんだ。

せっかく眠っていてくれていた虎《とら》の尻尾を踏んでしまったかのように。

「なにが起こるのかまだわからないけど、少なくとも、この素晴らしい浜辺がなくなるわけじゃない。それと、君の淹れてくれるコーヒーの美味しさも」

春香はクスリと笑う。

「草野さんって、顔に似合わずロマンチストなのね」

「え、顔？　え、なんで？　ちょっと詳しく話を」

「いやー、その話はまた今度で。私は腹ペコの警察官たちに美味しいサンドイッチをつくらないといけないので」

そう言って背を向けたが、すぐに振り返った。

「でもさ、人骨を回収したあとで食欲なんてあるのかな？　私はお代をもらえるからいいけど、ＳＤＧｓの観点からフードロスは避けたいのよね」

「そしたら俺が食べるよ」

春香は肩をすくめると、潮溜まりをステップでかわしながら戻っていった。

「そういえば、どうなの、あのひと」

綾子は、ラーメンを奢ると約束していたみーぽんと、仕事終わりに渋谷のタイ料理店に来ていた。ポピアソッという海老《えび》の生春巻きを頬張りながら、みーぽんが聞いた。

「あのひとって?」

「ほら、元刑事っていう」

「ああ、草野さん? さあ」

「さあってなによ。なにか事件に巻き込まれたとか言ってたんじゃなかった?」

「いや、それが——」

パックプーンファイディーンです、と店員が空芯菜《くうしんさい》のピリ辛オイスターソース炒めをテーブルに置いた。お互いにひとくち食べて、美味しいね、と頷き合ってから続けた。

「よくわかんないのよね。基本的にさ、困った時にしか連絡してこないのよ、あいつ」

口に残った辛さをシンハービールのラッパ飲みで流す。

「じゃあさ、電話しちゃえば」

「やよ」

「え、なんで。原稿の進み具合を確認するのは普通でしょ」

「なんだろう。なんというか、合わないっていうか」

綾子は会話において主導権を握りたいタイプだ。それに対して草野の話し方はどちらかというと穏やかで、決して押し付けるようなものではないが、どういうわけかペースを握られてしまうのだ。

「そうなの？　結構イケメンなのに」

「なんで知ってるのよ」

「うちに来た時、お茶出したじゃん、私」

「その一瞬で？」

「ううん、仕事しながらデスクからもちゃんと見てたわよ」

なぜか胸を張って答える。

「影があるっていうか、ダンディっていうか」

「あんなのが好みなのね」

「うん」

「はっきり答えるな」

とはいえ、事故死した芸術家のパトロン話のあと、どうなったか聞いていない。実は事故ではないかもしれない、と気になることを言っていた。しかも確執のある刑事と一緒に捜査する羽目になっているとか……。

なんだか、すごく気になってきた。

そして少し酔っていたからかもしれない。みーぽんへ草野の最新情報を教えてやろうという軽いノリで電話をかけてみた。

草野に頼まれた死んだ芸術家のパトロンを調べる際、ラーメンを奢るという約束をみーぽんとしていたが、それがいつのまにかこのタイ料理になっている。この出費に対する報告があっても良いだろう。

『あー、もしもし、お世話になっております。どうかされました？』

どうかされました、じゃねえよ。

「その後、どうですか。進展ありました？」

『まあ、よくわからない状況になっておりまして』

「というと？」

『えっと、こんな時間に話すことではないので……』

「というと？」

いいから言え、と迫った。そういう斜に構えた話し方が癪《しゃく》に障《さわ》る。

そこに店員がやってきて、レンセープという豚肉の背骨煮込みをテーブルの真ん中に置いた。ほろほろになった骨付き肉を、みーぽんがさっそくビニール手袋をしてかぶりついた。

『人骨が発掘されたんですよ。私が山を歩いてまして、土の中からなにか出てるなーなんて思って手に取ったら骨で、調べてもらったら人骨だったたんです』

スマホ片手に骨付き肉を摑んでいた手が止まる。

『数十年くらい前のものなんですが、いまのところ、これが事故死した芸術家とどう繫がるのかはわかりません。火葬したわけじゃなかったので、単なる土葬かもしれません。ただ、遺棄された可能性もゼロではないんですよ。あ、食事中だったらすいません』

食事中だよ、とため息とともに、肉を戻す。

『あれ、上村さん、なんか普段と違いますね』

「え？」

『いつもはほら、こう、前のめりだったので』

草野がどんな刑事だったのかはわからないが、こうしたちょっとした声の違いなどを察する能力は高いと認める。嘘をついてもバレそうで、付き合ったら間違いなくめんどくさい男だろう。

「いえ、ちょっと忙しくて。とりあえず了解しました。原稿よろしくです」

と通話を終わらせた。

綺麗に骨だけを残して食べ進めるみーぽんが、どうだった？　と恋バナに花を咲かせようとするかのような笑みで報告を待っている。

本来なら美味しいはずのレンセープをみーぽんに譲り、綾子はメコンウイスキーをロックでオーダーした。

県警が山中から人骨を回収して二日が経った。

この日は朝から琴弾の温泉に浸かり、寝湯《ねゆ》で夏の空を見上げながら考え事をしていた。それは、どちらかというと目を逸らしていた問題だ。

警察を辞めたのは、懲戒免職ではなく依願退職扱いだったので退職金も支払われたが、悠々自適《ゆうゆうじてき》に生活できる身分ではないから、なにかしらの職が必要だった。

警察官の第二の職として多いのは、警備会社、探偵。コメンテーターとしてテレビに出る者もいれば作家として活動する者もいる。エージェント会社社長の大塚もそれを望んでいるだろう。

大塚との出会いは、やはり事件だった。

彼には弟がいて、大手新聞社を経てフリージャーナリストをしていた。当然のように大塚がマネージメントしていたわけだが、ある時、交差点を赤信号で直進してきた車に撥《は》ねられて死亡し、運転していた男には業務上過失致死罪が言い渡された。

しかし大塚は納得しなかった。当時弟は、ホストクラブの売掛金問題に端を発する、女性の売春斡旋《あっせん》に暴力団が絡んでいるとして調査をしていたからだ。

事故に見せかけた口封じではないのか。

そう主張するが、本事案とは無関係とされた。

しかし草野だけはただの交通事故ではないとして捜査を行った。そして事故を起こした男には借金があり、それが広域指定暴力団が関与する消費者金融によるものだったことを突き止めた。そこから事態は急変し、事故と思われていた一件は、暴力団組長の指示による殺害を目的としたものであったことが判明したのだった。

その時の恩義をいまだに感じていて、大塚はなにかと面倒を見てくれる。原稿料の前払いを申し出てくれたほどだ。

ちなみに、前払いの件は綾子の強い反対によって却下されたらしい。

ライターか。自分にできるだろうか。一度や二度ならできるかもしれないが、安定した収入をそれで得られるものなのか。まったく自信がなかった。

刑事としての視線で世の中の出来事に感じるものはあっても、それを適切な言葉として紡《つむ》ぐことは難しい……。

適度な湯加減と開放感でウトウトとしていたようだ。草野は背伸びをしながら半身を起こした。春香のところで冷たいコーヒーでも飲もう。

そこでハッとした。向かいの湯船に見覚えのある男がいたからだ。

観音寺で因縁をつけられた三人組のひとり。一番の年長だった男が、いまは別の男たちと談笑している。いわゆる〃Tシャツ焼け〃の肌で、肘から先は真っ黒だ。

草野はもう一度寝湯に寝転がり、聞き耳をたてた。どうやら男は地元の漁師で、港がすぐ近くにあるため、朝方に漁を終えると仲間たちとここに寄るのが日課らしい。

「おまえ、それどうしたんじゃ」

膝頭にできた痣のことを言っているようだ。

「なあに、ちょっと転んだだけよ」

「そんなこと言って、小俣先生の怪しげなバイトをしてるって聞いちょるど。他にもなんかあるんじゃろ、わしにも紹介せいや」

「そんなんねえってばよ」

と笑っている。

草野は、小俣と聞いて合点《がてん》がいった。

あれは、自分を追い出すために、小俣が男らを雇ったということなのか。

奥田のことがあったばかりだから、よそ者に対して警戒していたのかもしれないが、それにしては過剰反応だ。

男たちが湯船から出て、ベンチで涼みだしたのを見計らって草野は脱衣所に向かった。

鏡浜の駐車場に戻ってくると、白羽が待ち構えていたかのように声をかけてきた。

「鑑定結果が出ましたよ」

その表情にただならぬものを感じつつ、草野はアイスコーヒーを注文して、いつものとおり端っこの席に座る。

「一部欠損があったものの、ほぼ全ての骨格が見つかりました。そして……」

白羽は周囲を見渡してから、前のめりになり、声を抑えて言った。

「他殺の可能性があります」

「え？」

「まず、右大腿骨に骨折痕がありました。単なる骨折ではなく銃創《じゅうそう》です」

「銃だって？」

「はい。ただ、これ自体は治癒していたので致命傷ではなかったようです。おそらくは戦時中に受けたものではないかと思われます」

「なるほど」

「ただし、もうひとつ。右鎖骨から胸骨にかけてと、頸部《けいぶ》に痕跡《こんせき》がありました。こちらは刀傷だと思われます」

「刀……そっちは治癒の痕跡は？」

「ありません。つまり、その傷を受けて絶命したと思われます」

草野はしばらく絶句した。それからゆっくりと情報を咀嚼《そしゃく》した。

遺体の人物は従軍経験があり、負傷をきっかけに復員したが、この地で殺害された。

「首にも刀傷があるということだけど、それは斬首《ざんしゅ》のような？」

白羽はいいポイントだというように、頷いた。

「いえ、骨に付いた傷そのものは浅いです。ですので、おそらく頸動脈が切断され、死に至ったのではないかと思われます。また、傷は第四頸椎《けいつい》とほぼ水平方向に付いていました。つまり横からというよりも正面から突かれたような……」

首を正面と聞いて記憶が呼び起こされる。

「首の……痣」

白羽は大きく頷いた。

奥田の死亡報告書だ。

死因は転落による脳挫傷だったが、首には痣が残っていた。

「関係ありますかね」

探るような物言いの白羽に、草野は親指と人差し指がくっつきそうになるまで近づけ、その隙間から覗くようにして言った。

「細いよ。すごくすごく細い線だ。でも、繋がっている可能性はある」

ふたりしてため息をついた時、アイスコーヒーがテーブルに置かれた。

「どうしたの？　深刻そうだけど、でもなんか嬉しそうにも見える顔」

言い得て妙だった。隠されていたことが浮かび上がってきたようで、ある種の興奮が呼び起こされていたのかもしれない。こういった感情は、刑事時代に何度か体験したことがあった。

「いろいろとわかってきたことがあってね。でも、逆に見えてこなくなったこともある」

白羽が顔を上げる。

「え、なんです?」

「掘り出された人物に生前なにかがあったのかはわかったけど、ずいぶんと前の話なので、事情を知っている人がいないかもしれない。いたとしても老人たちはただでさえ意固地だし、話してくれたとしても年齢と経過時間的に証言の信憑《しんぴょう》性は低くなる。そうなってしまったら、誰も何も証明できない」

「ですが、県警からも捜査員を出してもらえることになりました。緊急性がないのでわずかな人員ですが、一斉に聞き込みをしてもらえます。足を負傷していたとか、特徴があるので覚えているひとがいるかもしれません」

「足に負傷?」

隣のテーブルを拭いていた春香が手を止めた。

「そう。あの発掘されたひとは、おそらく戦争だと思うけど、足を負傷していたんだ。傷は治ったようだけど、状況から考えると、足を引きずるとか杖をついていた可能性があるんだ」

春香の時間だけ止まってしまったかのように固まっていた。

「どうしたの？」

はっと我に返ったが、軽はずみには言えないことなのかしばらく考え込んでいた。草野は急《せ》かすことなく、アイスコーヒーを飲みながら、しかし視線は春香からはずさずに待った。

「この村で足に傷があるひとって、心当たりが一人いるけど……でもそんなわけない」

「え、誰？」

春香は最後にもう一度記憶を確認するかのように地面を見つめ、それから言った。

「私のおじいちゃん」

春香の祖父である三好仁《じん》は海軍士官で巡洋艦に乗っていた。寄港した中国・大連《だいれん》の周辺で起きた動乱に巻き込まれ、その際、足に銃弾を受けて負傷し、復員している。その後、戦時下で村長に当たる組合長としてこの村を取りまとめており、戦後、進駐軍の指針により地方自治体が整備され、そのまま村長に就任した。

「記憶は曖昧だけど、話に聞いていたのは、戦争で足を負傷して杖をついていたってこと」

そう聞いて、草野は思わず白羽と目を合わせた。

状況的には、あの人骨の人物と非常に似ている。しかし、それだと辻褄《つじつま》が合わない。

「でも、君のおじいさんは家族のお墓に入っているんだよね？」

「ええ。毎年墓参りもしてたし。あと、お母さんがお墓に入る時に昔の骨壺が見えて、伯父さんに『あれがおじいさんのお骨だよ』って教えてもらったよ」

どういうことだ。他にも足の悪い人間がいた……？

だが、悩むべきところは他にもあった。奥田との関係だ。

仮に、白骨の人物が殺されたもので、何者かがそれを隠したかったのだとしても、奥田が出土した骨を見て他殺の痕跡を見つけられたとは思えない。つまり、奥田には殺される理由がない。

仮に、他殺の痕跡を見たとしても、何十年も前のことがいまどうして問題になるのか。そして、奥田にそのことを知られて困る人物とは誰なのか。

「うーん、わからんな」

草野はもどかしかった。刑事であれば全ての捜査情報を一元に確認し、権限をもって捜査をすることができるのだが。

いまこうして白羽が情報を流してくれるのは、人骨があくまでも古いものだからだ。

極端な話、戦国時代の骨が出てきて学術調査しているのと変わらない。

まあ、奥田の死亡検案書については、勝手に見たことにされているが。

そこでふと思いつく。

「この村に剣道とか、武術の達人っていないかな」

奥田の喉の痣。人骨の頚椎に残されていた刀傷は、いわゆる〃突き〃によるものではないか。

すると、そこまでの事情を知らない春香が、わかりきった答えを言うように笑う。

「小俣村長よ。代々、ナントカ流の師範《しはん》だもの。周辺の警察署でも道場を開いていたわよ」

警察なのに知らないの？　という顔だった。

またしても草野は白羽と顔を見合わせる。そして突っ伏してしまった。

なにがどう繋がるのかはわからなかったが、穴埋めパズルが少しずつ完成していく感覚はあった。ただ、繋ぎ方を間違えればまったく違う答えを導いてしまいそうでもあった。

「春香さん、おじいさんの写真ってありますか」

「えっと……どうだったろう。実家の蔵にあるかな。でもなんで？」

「この先、どういう鑑定がされるかわからないけど、頭蓋骨から生前の顔を復元する復顔という技術があるんだ。写真があれば照合できる」

「なるほど。つまり答え合わせってことね。探してみます？」

「お願いします。それと白羽さん。お願いがふたつあります。まず村役場が保管している資料や写真を一時的に領置《りょうち》できませんか」

「領置は任意なので確実にとは言えません。応じるふりをして、都合が悪いものは隠されるかもしれません」

「それでも、鍵は過去にあると思う」

白羽も同感なのか、力強く頷いた。

「そうですね。もうひとつは？」

「DNA鑑定です。それには春香さんの協力も必要ですが……」

「え？　草野さんは、あのお骨が、私のおじいちゃんだと思っているの？」

草野は言い聞かせるようにゆっくりと、落ち着いた声で言った。

「あの白骨が誰なのか、まったくわからない。でもDNA鑑定をして、春香さんと血縁が否定されたら、可能性をひとつ減らすことができる」

春香はどう答えていいか考えあぐねているようだったが、事情を理解した白羽が後を継いだ。

「春香さんと白骨のＤＮＡが不一致だった場合、村長を含めて同時期に足の悪い人が二人いたことになります。それは今後、聞き込みを行って人物を特定する上で重要な手掛かりになるんです。行き倒れたお遍路さんという情報もありますから、『白骨は足の悪い遍路』かもしれませんが、そのぶん、絞り込むこともできます」

草野は頷いた。

「なんでそんなことまで、と思うかもしれないけど、確かなことを積み重ね、不確かなことを排除していくのは捜査の基本なんだ。なるべく憶測で物事を進めてしまわないようにね。特に今回のように古い事件だと尚更《なおさら》なんだ」

春香は頷いた。

「それで、私はなにをすれば……」

不安げに髪の毛を絡める春香の指を、草野は人差し指で示した。

「それ、一本ください」

白羽に鑑定を任せ、草野は春香とともに実家に向かった。

「でも、言われてみたら、おじいちゃんの写真って見た記憶がないなあ」

「村役場はどうだろう？　村長時代の写真とかないかな」

「さあ……。建物は何回か移転しているはずだから、どこかにまとめて置いてあるのかもだけど」

春香が蔵の南京錠を外し、草野は重い扉を開く。

「確か、二階だったかな」

はしごを登って二階に上がり、小窓を開けると。緑の隙間から海が見えた。それでも風通しは良いとはいえず、汗が吹き出してくる。

「このあたりにアルバムがあったはず」

春香が積まれた段ボール箱を取ろうとしたのを遮って、草野が床に下ろす。

「じゃあ、これからいくかー」

春香が腕まくりをし、重さで潰れかけた蓋《ふた》を開く。中身は分厚いアルバムが詰め込まれていた。

見開きで四枚の写真が入れられるよう透明なポケットが付いているものは、表紙にフィルムメーカーのロゴと、地元の写真店の名前が入っているから比較的新しいものだろう。他には、現像に出した時にネガフィルムを入れておく細長い封筒型の入れ物もあった。

「懐かしいな、こういうの。スマホ世代の春香さんにはわからないか」

ひとつを手に取って開くと、女の子がお風呂に入っている写真があった。すると春香が横から手を伸ばしてアルバムを奪った。

「エッチ！　セクハラ！」

どうやら春香の幼少期のものだったらしい。

草野は苦笑しながら分厚いアルバムを引っ張り出す。これもいまは見られなくなった、のりの塗られた台紙に写真を配置し、その上を透明なフィルムで覆うタイプのものだ。

写真の隅の日付を見ると、一九八〇年代だった。

「あ、それ私のお母さん。まだ若いなー」

「へえ、美人だね。春香さんはお母さん似か」

「また調子のいいことばかり言って。ほんと、ナンパよね」

それからしばらく、思い出に浸《ひた》るように写真を眺めていた。

「お母さんね、雪に子と書いて雪子《ゆきこ》っていうの。おかしいでしょ」

「え？　別におかしくはないと思うけど」

「ああ、まあ名前としてはそうだけど、ここって滅多《めった》に雪は降らないの」

草野は合点がいって頷いた。

「そうか、雪が降らない地域なのに、か」

「そうそう。山の上の方とかはたまーに降るけどね。それで由来を聞いたの。そしたら、おばあちゃんの好きな人が雪国出身だったとかなんとか。だから憧れがあったのかな」

「でも、村長だったおじいさんは、ここの出身だよね？」

「おお、さすが刑事。鋭い」

秘密だ、というようにウインクをする。

「おばあちゃんの初恋のひとかなあ。知らんけど」

しばらく笑い、草野は次の段ボール箱に目をやった。基本的に積まれている下の箱にあるものほど古いようだが整理はされておらず、写真がただの封筒にまとめて入れられているものや、裸の状態のものもあった。

それぞれの写真を見ると、風景はあまり変わっていないように感じられたが、走っている車などから年代は確実に遡っているのがわかる。

しかし、終戦直後から一九五〇年代くらいのものとなると、とたんに枚数が少なくなった。戦後の物資の不足などもあるのかもしれない。

「あれ、これは……」

春香が一枚の写真を手にした。フォトフレームのガラス面を指で拭う。

「これ、ミスズおばあちゃんだな」

春香の祖母、ミスズは春香が六歳の頃、二十一世紀の到来を一緒に迎えたあと、すぐに死去したという。なにかの集まりだったのか、十人ほどの人物が写っていたものがあった。写真館で撮影したもので、前列は椅子に座り、後列は立った状態でレンズを見つめている。

春香は写真の真ん中で抱かれている赤子を指差していた。

「これはお母さんかな。いや、伯父さんだ。他に子供が写っていないから」

「伯父さんとお母さんは何歳違い？」

「確か六歳違いで、伯父さんが生まれたのは、おばあちゃんが二十一とか、二十二歳の頃だと思う」

「じゃあ、この周りにいるひとの中におじいさんがいるってことになる？」

しかし、写真の中に杖をついている人物はいない。

「これ、きっと家族写真とかだよね……。どうして家長たる三好仁さんがいないんだろう」

「戦争に行っていた？　あ、いや。もしこの子が伯父さんなら、戦後に撮影されたものか……」

「他にはあるかな」

その写真が入っていた箱を中心に調べていくが、祖母の写真は出てくるものの、三好仁の写真は出てこない。遺影写真すらなかった。

「葬儀はしたんだよね」

「そのはずだけど……。ひょっとして写真嫌いなのかな。魂が抜かれると思っていたとか」

春香が額の汗を拭いながら言った。

「そうかもしれないね。スナップ写真なんかは、本人が撮影している可能性もあるけど」

「あー、それもあるかも」

しかし村長の職にあったのなら、もっと写真が残っていてもよさそうなものだ。やはり、役場の資料を当たったほうがいいかもしれない。

草野のスマートフォンが振動した。白羽だ。

『いま大丈夫ですか』

「大丈夫だけど、ちょっと待って」

暑いので外の空気を吸おうと思った。春香は写真を見るたびに感嘆の声を上げている。

「あ、私、写真整理してるので。なにか見つかったら連絡しますよ」

草野は頷いて外に出る。木々を揺らす風が、汗を拭うように冷感をもたらした。

「はいはい、お待たせ。どうかしました？」

『役場の資料の領置ですが、小俣村長の了承が取れたので、倉庫から村の集会所のほうにいったん移します。来ますか？』

「もちろん」

草野が春香に声をかけると、写真の整理をしてから帰るということだったので、草野はひとりで村役場横の集会所に向かった。

集会所の玄関に入ると、仕切りのない下駄箱に革靴が一足だけあり、奥から草野を呼ぶ声がした。

扉を開けると二十畳ほどの空間が広がっており、白羽が段ボール箱を開き、オフィスでよく見るファイルや、つづり紐で閉じられただけの書類などを座卓に並べているところだった。

「基本的に、あちらのテーブルから年代順になっているはずです」

こういう白羽の几帳面《きちょうめん》な性格はありがたい。

草野はさっそくとりかかった。探しているのは村長自身のことだけでなく、当時、村で事件や問題事がなかったかどうか。それと『足の悪い流れ者』に関することや、小俣の山に遺体が埋葬された経緯などだ。

村長の経歴については記録があった。

三好仁。香川県千々布村正明町《せいめいちょう》大字《おおあざ》、明治三十八年九月生まれ。帝国海軍准士官。昭和十三年、大連へ出征し負傷。昭和十八年復員。昭和十九年、千々布村組合長に就任、後に千々布村村長となる。昭和三十八年没。

「だけど負傷ってひとことあるだけだからなあ。怪我をしたのが右足なのか左足なのかの記録もない。それに写真すらないなんて」

さらに古い文章は読み解くのも大変だった。綺麗な紙にワープロで印刷されているわけではなく、藁半紙《わらばんし》に謄写版《とうしゃばん》で印刷されたようなものや手書きのものまであって疲労が溜まっていった。

草野は目頭をつまみながら、畳に寝転んだ。蛍光灯の周りを羽虫が飛び回っているのが見えた。

「あの、草野さん。ひとつ質問しても？」

「答えるかどうかは保証しないけど、それでもよければどうぞ」

寝転んだまま言う。

「奥田が白骨を見たことが彼の事故死に関係ある場合、重要になってくるのは『白骨を見られたら都合が悪い者』が誰なのか——という認識で合っていますか」

「そう。奥田が死んで喜ぶ奴がいる、という可能性が出てくるからな」

「では、三好村長にこだわる理由はなんなのですか？　こうして彼の痕跡を見つけようとしているのは、なんのためですか。何十年も前に死亡した何者かが、奥田の死に関わっているんですか？」

「いや、単純なことだよ。白骨の発見が奥田に死をもたらしたとするならば、その白骨は誰なのかと思うのは当然だろ」

「でも、三好村長と奥田の死の間には約六十年の開きがあります。直接関係しているようには思えません。いま草野さんがやっていることは、白骨死体の人物を特定するためというより、三好村長個人に迫ろうとしているだけのように思えます。なにか考えがあるんですか」

さすが、鋭いな、と思いながら上体を起こす。

「確かに直接の繋がりはないかもしれない。ただ、あの白骨は、足に傷があり、その特徴は当時の村長と酷似《こくじ》している。そして調べてみたら村長の写真がひとつも出てこない。あってよさそうなものがないとなると、よけいに見つけたくなる。刑事の習性かもしれない」

「では、これは奥田の死とは関係のない捜査なんですか？」

声に不満の色が含まれていた。

白羽は奥田の死に疑問があってこの地に来た。その謎を解きたいからこそ草野に協力を要請し、こうしてＤＮＡ鑑定や資料の確保などに動いている。

それなのに草野が奥田とは関係のないことをしている。ひいては自分もその無駄な仕事をさせられているのではないかと感じてしまうのかもしれない。

ちゃんと説明する必要があるだろう。

「つまり、奥田の事故死とは関係のない三好村長の正体を暴くことに躍起《やっき》になっている——と思っているわけだ」

白羽は頭の中で反芻していたのか、ややあって、そうですね、と頷いた。

「確かにそうだ。もし写真が見つかって、詳細な経歴がわかったところで、奥田の死の謎を解く鍵にはならないかもしれない。ただ――」

草野はどう伝えればいいのかわからなかった。だから、感じるままを言葉にした。

「この村、なにかがおかしいよ」

「え」

「抽象的な言い方を君は嫌うだろうけど、俺たちはなにかを見逃し、ボタンを掛け違えたまま物事を捉えている、そんな気がする。だからはじめからひとつずつパズルのピースをはめていこうとしているんだ」

白羽の眉間の皺が深くなった。

「なにかがおかしい……それって刑事の勘ってやつですか」

「確かに、勘だろうね。だが、単なる当てずっぽうでもない」

長いため息をつきながら、視線を天井に向けた白羽は、ほんの小さく吹き出してから言った。

「続きは明日にしますか」

こいつ、本当は案外笑うやつなのかもな、と意外に思いながら、草野は同意した。

8

翌朝から再び資料を漁《あさ》っていたところ、昼過ぎに白羽の携帯電話が鳴った。ひとしきり話したあと、電話を切り、草野に電話の内容を話した。

「違う？」

「ええ、春香さんのＤＮＡとは一致しませんでした」

山中から発見された白骨の足には銃創があった。それが春香の祖父である三好村長の特徴と酷似していたために鑑定をしていたのだった。

「ということは、足の悪いひとが同時期に二人いたってことになる」

「そうですね。しかし村の行事の写真なんかを見ても、その年代で杖をついたひとは写っていないですね」

草野は頷く。

小さい村だ。行事などがあれば、村人総出でもおかしくないのだが。

「まあ、昔のことだから、資料や写真の管理がおざなりになるのも理解できるけど、せめて役場には残っていると思ったけどな」

「かえって一般村民のほうが知ってることが多いかもしれませんね。写真を持っている人がいるかも」

「だけど、三好村長が死去したのは一九六〇年代の前半だからいまとなっては……」

「当時を知る人も少ない……か」

白羽は頭を掻いた。

「それに、この村のひとからは、なんだか嫌われているようですし、協力を得ることは難しいかもしれませんね。特に年寄り連中からはけんもほろろです。先日も玄関先で追い返されましたよ」

そこでふと思う。

「ちょっと、カフェに戻る」

草野は白羽を残し、鏡浜に向かった。カフェには珍しく客がいて、春香の接客が終わるのを待って声をかけた。

「伯父さん？」

春香がトレイを胸に抱えて小首を傾げた。

「そう、いまどこに？」

「道後温泉で小さな旅館をやってるけど」

春香の伯父は、母親の兄にあたり、現在では彼女の数少ない親族だ。

「アポをとってもらえませんか」

「別にいいですけど、なんで？」

「鏡浜の――」

海に目をやりながらそこまで言ったあと、思いついた言葉を付け加えた。

「巫女《みこ》。そう『鏡浜の巫女』について」

「ええっ？」

それが自分のことだとわかって春香は赤面する。

「この海を守り、伝えていこうとしているでしょ。その人物像に迫るという記事を書こうかなと思ってて」

「ちょっ、はずっ」

体を左右に振りながらも、まんざらでもなさそうだった。

「でも、この海のことをたくさんの人に知ってもらえるかもだもんね」

たくさんかどうかはわからなかったが、あまりに嬉しそうな春香を見て、嘘にしたくはないと思った。

とりあえず、記事にしてもらえるように綾子に相談してみよう。

そして春香から伯父の住所を教えてもらい、車に乗り込んだ。


愛媛《えひめ》県松山《まつやま》市にある道後温泉は『日本書紀』に登場する日本最古の温泉だ。多くの文豪《ぶんごう》が訪れた場所としても有名で、夏目漱石《なつめそうせき》の『坊っちゃん』の舞台でもある。

四国でも屈指の観光地であるその地へは、鏡浜から車で約二時間ほどの距離だった。

春香の伯父、忠信《ただのぶ》が営む温泉旅館は道後温泉の中心地からややはずれた姫塚《ひめづか》という地域にあり、大きな観光ホテルに挟まれて肩身《かたみ》が狭そうだったが、趣《おもむき》を感じさせる店構えで好感が持てた。

八十歳になる忠信は草野を快く迎え入れ、坪庭に面した小さな茶室に案内した。

「いまは息子がやっていますんで、実質、隠居状態ですわ」

前歯を四本だけ残した口を大きく開けて笑うと、タバコに火をつけた。

「それで、春香のことが聞きたいということでしたな」

草野の名刺を手に取りながら言った。

「はい。春香さんは鏡浜をこよなく愛されているというか、とても熱心な方で」

名ばかりの観光大使ですが、と忠信は笑った。

村長である父・仁を亡くしたのは忠信が二十歳の頃で、その時期は大阪でミュージシャンを目指していたという。

「父は六十の割に見た目は若々しかったのですが、肺炎でね、あっという間でした。妹は地元に残るっていうことだったので、実家などの相続はぜんぶ彼女に渡したんです。私が都会にいたかったということもありますけどね」

そこで、自分の話ですいません、と言って春香の話に戻した。

「妹は結婚したのは早かったですが、子供がなかなかできませんでな。あれが生まれたのはもう四十三になった頃じゃなかったかな。私にとっても可愛い姪っ子ですわ。まあ性格は頑固。おてんばで男まさりなところはいまも変わってないみたいですがね」

とまた笑い、タバコを人差し指で二度ほど叩いて灰を落とした。

春香の幼少期からの様々なエピソードは聞いていて楽しく、草野にとっての本題に入るまでに、思ったよりも時間が過ぎてしまった。

二十分ほど話を聞き、会話よりも繋ぎの時間のほうが長くなってきた頃、草野はメモ帳を閉じた。取材はそろそろ終わりで、ここからは余談だという意思表示だった。

鏡浜や村の風景の話を挟みながら、草野は聞いた。

「小俣さんとは懇意にされていたんですか？」

「ええ、親父とは仲がよかったと思いますよ。あの村の名士といいますか。地主さんといったほうがいいかな。気難しい感じはありますけどね」

なるほど、と相槌を打ちながら、あまり矢継ぎ早にならないように、庭を愛《め》でてから続ける。

「そういえば、小俣家は剣術の師範だったとか？」

「ああ、正確にいうと違います。槍《やり》ですよ」

「槍、ですか」

いまいちイメージがわかなかった。

「刀は基本的なかたちはどれも同じですが、槍というのは長さもかたちもさまざまで、統一することが難しい。そんなこともあって、剣道などと違って、競技としてはあまり確立されてきませんでした」

草野は頷いて、先を促す。

「小俣さんが名を挙げたのが、戦争が始まった時です。槍は兵器としては採用されませんでした。大きいし、嵩張《かさば》るしで。でも銃の先にナイフを付けると、扱いはもう槍になるんですよ。ある意味、国が規格を制定してくれたおかげで『銃剣道』という新しいジャンルが生まれた。そこで小俣さんも指導に尽力されたそうです」

「軍に貢献したのも、名士と呼ばれる一端《いったん》ということですかね」

「そうですなあ。ただ、小俣さんは嘆いてもいましたよ。本土決戦に備えて女子供にも竹槍が広まったでしょう。あれは悲しかったとおっしゃっていましたね」

確かに、槍の師範であれば、竹槍で米軍に対抗しようとする国民の姿を見るのは複雑だっただろう。

草野は話を変えた。

「ところで、村の昔の写真を探しているのですが、お持ちでしょうか」

「昔というと、どれくらいの？」

「終戦直後の頃です。ご家族やお父様である三好村長の写真などお持ちではないでしょうか」

「あー、親父はね、写真を撮らなかったんですよ」

「そうなんですか」

「ええ、大の写真嫌いだったなあ。カメラを向けるだけで怒られたものだ」

写真が残っていないのは、やはりそういうことだったのかと眉根を寄せた。

「なにか理由があったのでしょうか」

「いやあ、わからないな。一度聞いたことがあるんだけど、はぐらかすだけで答えてはくれなかったな。だから催し物があっても集合写真にも入らなかったし、家族写真すらないよ。村のひともそれが当たり前みたいになってってね」

「ちなみに、どんな方だったんでしょうか」

「そうだなあ、まあ基本的には穏やかな感じですが、一度決めたら譲らない頑固なところもありましたね。ああ、春香の頑固は祖父ゆずりですな」

「米軍を退けたということでしたが、それもあの浜を守るんだという意思を貫かれたんですね」

「確かにそうだね。でも、普段の親父は本当に穏やかだった。俺も怒られた記憶はあまりないな。ただ」

「なんでしょう」

「時々、寂しそうにするというか、弱いところがあるというか。まあその頃から体調が良くなかっただけかもしれませんが。でも、母親とは最後まで仲が良かった。いまでいうラブラブっていうんですか」

忠信はひとしきり笑う。

「子供から見ると恥ずかしいところもありましたが、いま思うと羨《うらや》ましいと思いますよ。一生の伴侶《はんりょ》というか、お互い、正真正銘のパートナーだったんでしょうね」

「なるほど……。ちなみに、足がお悪かったと聞いておりますが、そのことと関係があるのでしょうか」

意外な視点だとばかりに、ほう、としばらく唸った。

「足を悪くしたのは戦争がきっかけだと聞いていたけど、写真嫌いと関係があるのかは……わからないな、考えたことすらなかった」

それから遠い記憶を探るように目を細めた。

「確かに親父はいつもステッキを持って歩いていた。だけど、そこまで悪くなかったんじゃないかな」

「といいますと？」

「小学生の頃かな、海に落ちそうになったことがあったのだけど、駆けつけてすごい力で引き戻してもらってね。そのあと肩車をして帰ったんだよ。ま、火事場のクソ力かもしれないけどね」

すると、後遺症が残るほどの怪我ではなかったということか。

「そんなことまでお聞きになるんですね」

草野は前のめりになっていた上半身を戻し、頭を掻いた。

「いや、すいません。あの海を守ろうとしている春香さんを見ていると、村のことにも興味が湧いてしまって」

忠信は何度か頷きながら、タバコを灰皿に押し付けた。

「私もね、しばらく帰っていないから、体が動くうちに戻りますよ。あの海を見ながら、春香のコーヒーを飲もうと思っているので、よろしく伝えてください」

草野は礼を言い、その場を辞した。


車に戻り、白羽に架電《かでん》する。

『ちょうどよかった。いま高松の仏生山《ぶっしょうざん》というところにいるんですが、連絡しようと思っていたんです』

「なにか新情報が？」

『ええ。集会所の掃除に来たおばちゃんから、ここにあるケアセンターに入っている老人が三好村長のことを知っているということを聞いたんです。ただ、もう九十歳を過ぎた方なので、若干認知症がはいっているかもしれないということでしたが』

それでも、ある意味、生き証人が存在するというのは三好村長の人物像を描くうえで重要に思えた。

「なるほど。それでどうでした？」

『かなり偏屈なひとだったみたいですね。正直、あまりいい噂は聞きませんでした』

偏屈？

草野が忠信に聞いて抱いた印象とは異なっていた。

『典型的なのは女癖ですね。まあ戦後昭和の男尊女卑の意識が高かったのかもしれませんし、奥さん——春香さんのおばあ様のミスズさんは、この村で一番の美人だったようですが、かなり強引《ごういん》に結婚したそうです。いわゆる手籠《てごめ》にしたようです。それだけでなく、子供が生まれても他の女にも手を出す始末だったと。さらにはギャンブルか女遊びのためかはわかりませんが、村の公金にまで手をつけて問題になったこともあったそうです』

「子供については？」

『長男——つまり草野さんが会われた忠信さんが生まれた時も、『俺は望んでいなかった。堕《お》ろせ言うたのにきかんかった』と言い回っていたそうです』

忠信に聞いた時の父親像とかなり異なる。もちろん、数年の子育てを経て雪子を得、意識が変わったのかもしれない。

「やはり、足は悪かったのかな」

『はい。杖なしでは歩けなかったそうですよ。戦争で受けた傷は深かったようです』

「忠信さんの話では、それほどではなかったということだったんですが」

自分が聞いた時の印象を伝える。

『そうですか。だとしたら、回復したということでしょうかね。なにしろ、この方の記憶が昔のことはよく覚えているのに、最近のことはあやふやだったくらいですし』

「ちなみに、その頃、他に足が悪い人がいたかどうかは？」

『特に言っていませんでした。この方は戦後しばらくして高松に引っ越されているので、もしその後に『もうひとりの足の悪い男』が現れたのなら知らないかもしれないですね。となると、あの白骨死体は村の者ではない可能性があります。あの頃は戦争で行き場を失った流れ者も多かったということですので、あの場で行き倒れたのかもしれません』

「了解です。じゃ、カフェで」

草野は電話を切った。

もしあの白骨が流れ者だったとしたら、たとえば行き倒れの者を不憫《ふびん》に思い、小俣が自分の土地に埋葬したということが考えられる。ただ、数十年後にそれを見た奥田が殺される理由がわからない。

ふと、草野の頭にある考えがよぎる。

その〝よそ者〟は小俣――村長の父親――によって殺されたのではないか……？

しかし、すぐにその考えを振り解く。

まず、奥田が白骨を見たからといって、それが犯罪によるものだとはわからないはずだし、小俣は父が犯罪を犯したとしても罪には問われないから、いまさら奥田を殺害する動機がない。

やはり、白骨と奥田の死は関係ないのか。単なる事故だったのか、それとも他に原因があるのか……。

草野はひとしきり思いを巡らせて、車をスタートさせた。

今回の一件は、白羽が奥田の死に疑問を抱いたのがはじまりだった。

故意かどうかはわからないが、奥田は村長である小俣が所有する山林に入り込み、〝あるもの〟を発見する。それを公開すると仄《ほの》めかしていたが、どうやらそれは土砂崩れにより露呈した白骨のことだった。

その後、奥田は転落死することになるが、遺体には不可解な点が見られた。特に喉の痣だ。転落時に付いたとは思えなかったため、剣道でいうところの『突き』によるものではないかと考えた。

そして白骨にも特徴があった。まず足に銃創があったが、これは治癒していた。もうひとつは喉に刀によると思われる傷があったことだ。これは完治していなかったので、致命傷になった可能性があった。

つまり、時間を隔《へだ》てたふたつの死体には共通して『喉を攻撃されたような痕跡』があったことになる。そして槍術の師範である小俣にはそれが可能だった。

目下の疑問は、奥田を殺害する理由。そして白骨は誰なのか。

――足が悪い戦争帰りの流れ者。

その男は、この地に流れ着き、この地で殺された。それが何十年も経って新たな殺人を呼んだ……？

草野は思わず頭を掻きむしった。

「なにか、こう、すっきりしないな。我々が勝手にストーリーを都合よくでっち上げているような、そんな感覚。こういう時は強引に推理を進めてもロクなことにはならない」

テーブルを挟んでアイスコーヒーを啜っていた白羽は一瞬抗議を示すような顔をしたが、すぐに引っ込めた。内心、似たような思いだったのだろう。

草野は続けた。

「でも、奥田の死に疑問があるのは俺も同感。白羽さんの考えは間違っていないと思う。いまは確かなことを積み重ねていくしかないな。憶測が入り込むと、バイアスというか、ひとは都合よくくっつけてしまうから」

「そうですね。チグハグな印象は確かです。特に動機がわかりません。いまのところ口論が発展した果てのアクシデントだと考えられなくもないですが」

「それ、憶測だね」

「あ、そうでした」

「もし口論がもとになったのだと考えるなら、地元との軋轢からもたらされたのか、あの白骨死体を見つけたからなのか、それとも別にあるのか、事実を見つけ出す必要がある」

「そこですね。違った見方が必要ですね」

あ、と草野はつぶやいた。

「どうしました」

「いや。違う見方といえば、ちょっと、アドバイスをもらってみようかな、と」

「それって誰ですか。かつての同僚とかならまだしもですが、第三者だと問題になる可能性が……」

白羽は捜査情報が漏れることを心配しているようだった。

「あくまでも一般論的なアドバイス。捜査情報は漏らさないよ」

9

綾子は卓上のスマホのディスプレイを人差し指で叩き、時刻を確認した。

よし、あと五分で定時を迎える。

今日は友人に誘われての合コンの日だった。予約困難店であるイタリアンレストランで、十八時には丸の内にあるその店に入る必要がある。

――まず料理が絶品！　気に入る男がいなければ、料理を堪能してさっさと帰ればいいし、気になる男がいればアフターもいける。しかも相手はみんなエグゼクティブクラスだから女子の持ち出しはなし！

　との言葉で唆《そそのか》されてしまった。

　とりあえず、美味しい食事にありつければいいや。

　そんな邪な考えを振り払うように着信があった。草野だった。こんな時間に……嫌な予感しかしない。

　五分だけだ。

　そう決めて応答ボタンをタップした。

「もしもし、どうしました。こんな微妙な時間に」

　さりげなく迷惑であることを伝える。

『ああ、ちょっと話を聞いてほしいことがありまして』

「五分、いや、四分三十秒でお願いします」

『あ、合コンですか』

　一瞬、言葉に詰まったが、動揺を悟られまいと冷静に返す。

「時間が減り続けていますけど」

『あ、すいません。えっと、プロットができたので聞いてほしいんですが』

「プロット？　エッセイとかじゃなく、小説を書こうとしている？」

『そうなんですよ。ちょっと思いつきまして』

「それだったらメールでいただけますか？　目を通しますので」

『そう思ったのですが、行き詰まったところがあるのでちょっとだけアドバイスをいただきたいんです。元ミス研でしたよね？』

大学時代、ミステリー研究会に所属し、小説を書いては仲間たちと読み合い、同人誌として出版したり新人賞に投稿したりしていたが、草野との初顔合わせの時に、そんなことを言ったような気がしなくもなかった。

「なんですか、手短にお願いします」

『はい、この話には三人の人物が登場します。AとBとCで、舞台となるのは閉鎖的な村です。Aは東京からの移住者ですが、崖から転落死します。事故で処理されたものの遺体には不可解な点がありました。首に残った痣です。まるで棒状のなにかで突かれたような』

理解を確認するような間を作ったので、で？　と先を促した。こちらには時間がないのだ。メイクだって必要で、その時間を考慮すればすでにオーバーだ。

『で、調べを進めると地元名士で村長でもあるBが、槍術の師範であることがわかりました。しかもふたりには普段から確執があったようなんです』

「はい、犯人はB。あとは、それが簡単にわからないようにストーリー展開を工夫してください――」

『ところがです』

立ち上がりかけていた綾子は、心の中で舌打ちをしながら腰を下ろす。

『Aの生前の記録から、Bが所有する山中から白骨死体を見つけていたことがわかりました。それを自身のSNSで広めようとしていたんです』

「だから、それを隠したいBがAを殺したんでしょ？　こう……棒状のもので喉を突いて」

『って思うでしょ』

ちょっとイラッとする。

『でもこの白骨、戦中戦後の頃のもので死後七十年くらい経っているものだったんです。AもBも生まれる前のことなので、いまさら見つかったとしても、それが動機になるとは考えにくいんです。この白骨の人物がCで、戦地で受けたのか足に銃創があり、調べてみると、当時の村長も足が悪かったのです。そして、Bの父親は先代の村長でした』

「それならBの父親はCを殺害して村長になったものの、それをAに知られて殺害したってことね」

元刑事だというのに、ミステリー作家としてはアマチュアね。

今度こそ退社しようと、綾子はノートパソコンを閉じる。

『って思いますよね』

今度は心の底からイラついた。

『ここに、Cの孫娘にあたるDが登場します』

おい、三人じゃなかったのか。

『しかし、CとDのDNA鑑定をしたところ血縁関係は否定されました。つまり、白骨死体Cは村長ではありません。そしてDは祖父の遺骨がお墓に入っているのを確認しています』

綾子は背もたれに体を預け、天井を見上げる。この状況で話を聞くことが面倒くさくて仕方がなかった。

しかし、元ミス研としてうずくものがあり、気づけばコピー用紙の裏にペンを走らせていた。A、B、C、Dと書いて、それぞれを線で結んで相関を整理する。

草野は魅力的な謎というのを思いついたはいいが、自分でオチがつけられないのだろう。初心者にありがちだ。安易にミステリーなんて書こうとするからだ。

「で、行き詰まっているのって、Bの動機ですか？」

『そうなんです』

「殺人の動機なんて、草野さんのほうが専門家でしょうに」

『ですが、現実はフィクションのようにバリエーションに富んでいるわけではないので』

「ミステリー小説も意外と同じですよ。ミステリーの三大要素というのがあって、フーダニット、ハウダニット、ワイダニットと呼んでいます。それぞれ、誰が、どうやって、なぜ犯行に及んだのかを謎として提示するというものです。草野さんはハウとフーが決まっているけどワイをどうしていいかわからないってことでしょ」

『まさにそうです』

「ワイは動機にあたるものですが、人間ドラマを描く上では大切なことなんです。一般的な動機は、怨恨《えんこん》、金絡み、権力、そして色恋沙汰。世の中のエンタメミステリー小説なんて、たいていこんなものです。トリックの巧《たく》みさを見せる〝本格〟ものでなければ、作家としての腕の見せどころは、その動機を生むことになった背景を描くことなんです。主人公は、その背景を調べることで情報を読者に少しずつ提供し、一緒になって推理するエンタメなんです」

『情報ですか……』

「ええ。読者への情報提供は計画的にしないと混乱を招きます。適切な情報を適切なタイミングで開示していく。そうしないと読者をゴールに導けないでしょ」

『なるほど、いま混乱しています』

自分で混乱してどうするんだ、とほくそ笑んだ。

「ま、動機というのは人間の本能のようなものだから単純でいいんです。そこに至るドラマに力を入れてください。あ、あと殺人の動機としてですが、ヤクザものとかスパイものだったら口封じとか大義ってものもあるかな」

綾子は時計に目をやった。しまった、すでに退社時間を過ぎている。

「ま、プロットができたら送ってください。じゃ」

そう言って通話を終わらせたが、ふと気になった。最後、草野は黙り込んでいたような気がした。

大きなことに気づいて途方《とほう》に暮れている。そんな気がした。

それが自分はミステリー作家には向いていないという現実を思い知ったのならいい

が、それとは違う、なにか、恐れのようなもの……。

草野は手にしたスマートフォンをテーブルに置いた。アイスコーヒーのグラスがつくった水たまりを紙ナプキンで拭う。

半ば呆然《ぼうぜん》としていたのは、綾子が最後に言ったひとことだ。

動機についてはさまざまなパターンを考えていた。ただ、ひとつ抜け落ちていたことがあった。

大義。

大いなる目的のために個を犠牲《ぎせい》にする。

戦争はその典型とも言えるが、小規模組織でも発生する。企業や政界、男女間においても、強迫観念が大義となり、ストーキングに発展することもある。

草野は背後の山に目を向けた。

濃い緑の森が風を受けて波のように揺らいでいる。

ここからは見えないが、感じていたのはあの森で起こったことだ。

登場人物C。足の悪い復員の流れ者。白骨死体。彼が死んだのは大義のためだったとしたら……どんな過去が見える？

その思いに、しばらく支配された。

10

「小俣村長が自供⁉」

草野は声を上げた。

いつものように浜辺を眺めながらコーヒーを啜り、原稿でも書いてみるかとノートパソコンを開いたものの、なかなか言葉が出てこず、悪戦苦闘していた時だった。

白羽から着信があり、小俣村長が出頭し、奥田を殺害したのは自分であると供述を始めたというのだ。

『奥田との間にあった諍《いさか》いについては、概《おおむ》ね我々が考えていたことに近いです。奥田は村民に対して傍若無人《ぼうじゃくぶじん》で、以前から忌々《いまいま》しく思っていたようです。そんな折、自身の土地を侵されたことにカッとなり、あの竹藪で作業していた奥田に苦言を呈《てい》したところ、言い争いがエスカレートしたそうです。逆上した奥田に柄鎌を振《ふ》り翳《かざ》して迫られたため、小俣は足元にあった竹を拾って応戦し、喉を突いた。奥田は呼吸ができなくなってよろけてしまい、前日までの大雨で緩んでいた地盤を踏み抜いて崖下に転落——ということのようです』

その話が本当であれば、小俣に殺意はなく、正当防衛が認められる可能性がある。

「では、あの白骨はいったい誰？」

『それは小俣村長も知らないそうです。なにしろ、祠ができたのは彼が生まれる前から直後の話なので』

一拍置いて、白羽は続けた。

『いろいろと騒ぎ立ててしまってすいませんでした。結局のところ口論から諍いに発展したというのが真相のようです。白骨死体とか、足の悪い流れ者とかの情報が出てきてしまい、無理に結びつけようとして話を複雑にしてしまいました。草野さんが言った、捜査は確かなことだけを積み重ねるという意味が身に沁《し》みました』

喜色満面にこの地に乗り込んできたものの、振り上げた拳を下ろす場所が見当たらないという雰囲気で、どこか自分を恥じているようなところもあった。

「でも、ただの転落事故ではないとスジを読んだのは白羽さんですから。お手柄だったんじゃないかな。埋もれた真相をちゃんと掘り起こしたんだから」

『まあ、そうとも言えるかもしれませんが……』

「なんだか、納得していないみたいに聞こえるけど？」

『私自身は、捜査のプロフェッショナルではありません。ですが、結末が感じていたことと違うんです。うまく言えないのですが……』

草野は小さく頷いていた。

さまざまな情報を点として線で繋いでいくと、その先に何があるのか。真相はわからなくても、茫《ぼう》として感じることがある。

草野自身も、このような終わり方であるはずがないと感じている。

白羽はまったく別の人種だと思っていたが、同じ刑事としての感覚を持ち合わせているのだと認めて、嬉しいような、悔しいような、複雑な気持ちだった。

そして思い出す。

うまくいきすぎていると思ったら前提を疑え。

刑事時代に叩き込まれてきた言葉だ。

「ところで小俣村長は、どうしてこのタイミングで自供したんだろう？　白羽さんが問い詰めたとか？」

『いえいえ。私はなにもしていません。なんの前触れもなく出頭してきたんです。ただ、私たちが村を調べまわっているのを見て、「遅かれ早かれ自分の関与がバレるのではないかと思って怖かった」と言っていました』

小俣が奥田の死に関与していたことを自ら告白する。確かに、我々の動きを見ていて後ろめたさに耐えきれなくなった、怯《おび》えて過ごすのに疲れた。それはあるだろう。なにしろ、小俣はこの地にやってきた自分を、男たちを雇って追い出そうとしたくらいだ。相当の危機感を持っていたと考えられる。

ただあの時の自分は奥田の死について疑問を持っていたわけではない。鏡浜の記事を書こうとして春香のアドバイスどおりに村の資料コーナーを訪れただけだ。なぜそこまで過剰に反応したのか。

やはり、奥田の死はただの入り口であって、真相はもっと奥深いのではないか。綾子が言った殺人の動機——大義。それこそ、全てを繋ぐ鍵なのではないか。

小俣が自供したのもまた、『大義』が個を犠牲にするという行為となって現れたものなのかもしれない。

綾子はデスクで頬杖をついていた。途方に暮れていたと言ってもいいかもしれない。原因は草野だ。いつものように電話をしてきて、調べてほしいことがあると言われた。

依頼は、アメリカの国立公文書館での書類検索と戦後の進駐軍の動きについてだった。

自分の専門外だ、と断ろうと思った。

ところが……。

『御社のホームページを見たんですけど、ノンフィクション系が充実していて、先の大戦についても多角的かつ詳細な書籍をたくさん出版されていますよね。特に、日米の公文書に基づいているのでバックグラウンドの信憑性が桁違《けたちが》いです』

しっかりと下調べをしていたようだ。さらに、どの作品の担当者にどんな情報を聞けばいいのかを、ご丁寧に指南してくれた。

まるで刑事が証拠を並べ、犯人を問い詰めるかのようだった。

確かに作家のエージェント会社であることから、それを専門とするノンフィクション作家を数名抱えている。自分がカバーできないことでも人脈を辿れば話を聞くこともできるだろう。

だが問題がふたつあった。

ひとつは、それらの作家を抱えているのが、社内でも付き合いづらいと評判のお局《つぼね》さんであること。もうひとつは、依頼するとなれば作家に金銭が発生するが、そのことを海外出張中の大塚にメールで相談したところ、あっさり承認したことだ。

大塚も良かれと思ったのだろう。その返信のCCにはお局さんの名前もしっかりと入っていて、お互いに受信と同時に開封したのか、モニター越しに困惑の目を合わせてしまった。

大塚め。草野に対して恩義があるのだろうが、いまのところ会社の利益に対してまったく寄与していない人物になぜそこまでするのか。他の作家らへの示しがつかない。

そしてなにより、お局と話すことが気が重い。

「本当に迷惑なのよね」

やはり、いつもどおりの反応だった。大塚から話をしてもらっていても、お局はこの調子だ。

「作家さんだって暇じゃないんだから。もしこっちの締め切りが遅れたら会社の損害よ」

お局の背後を通りかかったみーぽんが、小さく肘をたたんで、ファイト、とジェスチャーを送る。

「あなたの抱えているその作家が会社に貢献してくれているんだったらなにも言わないけど。で、その人は何冊出しているの？　重版とかかかってる？」

重版もなにも、実績は皆無だ。

「えっと、まだこれからでして」

「ええ？　なんの実績もないのに契約しているの？　もはや作家でもライターでもないじゃない」

「よくわからないですけど、社長が引っ張ってきたみたいで」

「元刑事ってひとでしょ？　それが大戦とか公文書館とか、なんの関係があるのよ」

知らんがな！　なんで私がこんな目に遭わなければならないのか。

実際、草野の依頼は理にかなっていなかった。

彼に依頼しているのは、警察関係の暴露本と旅先のコラムだ。先日、ミステリー小説的なものを書いていると言っていたが、今度はノンフィクションときたものだ。

戦後、現香川県千々布村の一部を米軍が基地建設のために接収しようとしたことに関して調べているという。

温暖な気候と、瀬戸内であることから津波などの自然災害を受けづらく、また遠浅の地形から基地建設には向いているだろう。しかし、もともと旧日本軍の施設などがあったわけでもないこの地が、なぜ候補に挙がったのか。そして、それをひとりの村長が先頭に立って撤回させたという。しかも占領下という状況で。それを記事にしたい、と。

確かに、この村長の視点で書けば、面白そうな気はするが……。

そうなると、文芸を担当している自分からは外れるのではないか。草野があのお局さんと組まされたらどうなるのだろう。などと想像してしまう。

お局の小言を、ごもっともで、とやり過ごし、過去にアメリカに在住し、公文書館の資料請求などにも詳しい作家になんとか繋いでもらえることになった。

「で、何を頼めばいいのよ」

能面のような表情のお局に、綾子は草野の依頼をそのまま伝えた。

お局は、性格は悪いが仕事はできる。その日のうちに適任のノンフィクション作家を紹介してくれた。

その作家はこれまでも、戦時中の旧日本軍や連合軍の資料から戦局を解説した書籍を上梓《じょうし》しており、アメリカ公文書館にもコネクションがあるという。ちょうど新作の原稿が終わったところだったらしく、すぐに調査にかかると言ってくれた。

それにしても草野。この礼は高く付くぞ。


草野は三好家の蔵にいた。自身の仮説を証明するために、春香に許可をもらい、過去の写真や文献をあたっていた。

これまで自分が想像していたよりも、はるかに大きなことがこの村には眠っているのではないかと思えてきて、これまでとは異なる角度からものごとを俯瞰してみる必要があると、一種の強迫観念にも似た思いに囚われていた
心をざわつかせているのは、小俣の自首だ。その行動の裏には、なにか思惑があるのではないか。

草野は、まず三好仁の写真を探した。これまでもそれらしい写真は見つかっていないが、いまは目的が少し違う。

――写真がないことを確認しているのだ。

やはり写真は見つからなかったが、そのかわり、写真アルバムには抜けている箇所がいくつかあるのを確認した。

これは意図的に写真を取り出した、または廃棄《はいき》した……。

書類等にはその名前はしっかりとあるのに、写真が一枚もないのは、なんらかの理由によって、三好仁は自分の姿を後世に残したくなかったのではないかと考えた。

ただ、それならば、はじめから撮らなければいい。忠信の証言にもあったが、仁は写真に写りたがらなかったようだ。

しかし、こうしてアルバムに抜けがあるのは、もともと写真はあったが、後になって抜き取る必要に迫られたからではないかとも考えられる。

アルバムの年代から考えると、もともとは写真嫌いではなかったが、ある時を境に写真嫌いになり、過去に遡《さかのぼ》ってまで自分が写っている写真を廃棄した……。

そんな推理ができるが、その理由は……まだわからない。

草野は湿気によって噴き出す汗の不快感もあって頭を掻きむしった。

真相は目の前なのに、なにかが足りない。それを見逃しているのは自身の能力のせいだと思えてならなかった。

外の空気を吸って、頭をリセットしよう。

一旦諦めて蔵を出ようとした時、棚の奥にふと目に留まったものがあった。紐で閉じられたノートのようで、紫色の布が貼られた表紙はあちらこちらがほつれているが、中央に筆書きがあった。

『四國八十八ヶ所巡禮《じゅんれい》』

それはお遍路の納経帳《のうきょうちょう》で、表紙の隅には、掠《かす》れて読めない箇所があった。意図的に消したようにも見えた。

そして、また頭をよぎる。

――足の悪い遍路がこの地で行き倒れた。

この納経帳は、その人物のものか？

しかし四国に住むひとにとって、お遍路は文化であり日常だ。短絡的に白骨の人物とこの納経帳を結びつけることはできない。

草野は息を吐き、ページをめくった。

一番は徳島県にある霊山寺《りょうせんじ》、二番は極楽寺《ごくらくじ》と続いている。それぞれの梵字《ぼんじ》と納経に朱印《しゅいん》がみっつ。粗悪な紙質であるが、それはまだくっきりとした色を保っていた。

そのままパラパラとページをめくった。このあたりは六十八番～七十番の霊場が近いということだったが……そこでハッとする。

この地で、納経が止まっていたからだ。

最後の巡礼は、第七十番本山寺《もとやまじ》。

ここからは車で十分ほどの距離にあり、春香の現住所もそこのはずだ。

スマートフォンを取り出し、地図アプリを起動させる。七十一番の弥谷寺《いやだにじ》は本山寺からほぼ真北に約十二キロメートル。最短で向かうなら千々布村は通らない。仮に鏡浜の噂を聞いて立ち寄ろうと思ったとしても山を越えるか迂回する必要があり、その場合、距離は倍になる。

――足の悪い遍路がこの地で行き倒れた。

再びその言葉が脳裏をよぎるが、冷静に思考を巡らせる。

足が悪いなら、なおさら寄り道しないほうが良いのに、なぜこの地を訪れたのか。なんらかの事情で先に進めず、鏡浜を最後の地に選んだのだろうか？

頭の中で猛烈《もうれつ》に思考が回転を始めたが、そこに綾子から電話が入った。

『ほんとに、迷惑なのよね』

いきなり小言を言われた。

「いろいろ無理を言ってすいません。それでなにかわかったのですか？」

『わかったけど……わからない。つまりあたしがね。とりあえず詳細はメールで送るので確認してください。内容についての質問は受けませんせん。以上！』

一方的に通話は切れ、それを合図とするように、メールの着信音が次々に鳴った。

スマートフォンだと見づらいので、草野は車に戻り、パソコンで見ようと蔵から出た。

蔵の鍵は預かっていたが、そこに春香がやってきた。

「あ、もう終わった？」

「ええ、とりあえず。ありがとうございました」

「私の全裸写真とか見てないわよね」

草野は苦笑する。

「そうだ、ちょうどよかった。ちょっと質問があるんだけど」

「いいけど、おなかすいちゃったから、ご飯食べながらでいい？」

「もちろん。どこで食べるの？」

「行きつけの製麺所があるの。香川といったらうどん県でしょ。食べた？」

そういえば食べていなかった。

「なにやってんのよ。うどんは県民の主食よ、主食。本山寺の近くだから」

「本山寺っ!?」

「わっ、びっくりした。なによ」

「ちょっと立ち寄っても？　本山寺に」

「え、あんなところになにしに？　なにもないわよ。それとも寺院マニア？」

草野は蔵を振り返り、あの納経帳を透視するかのように見ていたが、考えがまとまっていなかったので、ちょっと気になってたので、と言うにとどめた。

「ま、すぐ近くだからいいけど。乗って」

春香がハーフキャップのヘルメットを放り投げてきて、それをラグビーボールを抱え込むようにして受け取る。

「ニケツしていこ」

バイクに乗るのは、ずいぶんと久しぶりだった。しかも運転する女性の後ろに座るという経験は皆無だった。

どこを摑めばいいのかアタフタしていると、春香が大袈裟なため息をつく。

「セクハラ、痴漢《ちかん》なんて言わないから、腰をしっかり持ってて。遠慮されるとバランスを崩してかえって危ないんだから」

エンジンをかけ、振り返る。

「草野さんさ、警察ってさ、元だよね？」

その意味を理解して苦笑する。

「ほどほどでお願いします」

春香はにやりと笑うと、ギアを一速に蹴り入れ、アクセルを捻り、田舎の道を疾走《しっそう》した。

本山寺にはなにもないと言っていたが決してそんなことはなかった。本堂は国宝で、先ほどくぐった仁王門は国の重要文化財。雲の流れの速い空を背景にそびえる五重塔は、八十八ヶ所霊場の中では四つしかないという。

「由緒《ゆいしょ》正しきお寺で、すごく立派じゃん」

草野は広い境内《けいだい》を見渡しながら言った。

「そんなこと言われても、ここは小さい頃からよく来てたから、私にとっては普通なのよね。で、なんで急に？」

「実は……」

草野は本堂の前にベンチを見つけ、そこに腰掛けた。

「さっき蔵をいろいろ調べさせてもらったけど、そこで古い納経帳を見つけたんだ。紫色でこれくらいの。知ってた？」

親指と人差し指でつくったL字を向かい合わせて、空中に四角形をつくってみせた。

「いやー、たぶん見たことないと思う。でも、それがどうかしたの？」

「その納経がね、このお寺で終わっていたんだ」

春香は、へーっと言いながら、草野が何を言おうとしているのかを探るように目を細めた。

「それは、春香さんのご家族のものだろうか？」

「いやー、どうだろ。両親が巡礼していたとは聞いてないけど。納経帳自体は、特に四国のひとは持っていてもおかしくないと思う。でも、それはたぶんうちのものではないかな」

「というと？」

「お遍路ってね、別に一番から始めなくてもいいの」

ちょうど、そこに若いカップルがやってきて、本堂前で礼をした。白衣《はくえ》を着ているが、その下はカジュアルな服装だ。

「あのひとたちはたぶん車で回っているのだと思うけど、お遍路を一種の壮大なスタンプラリーとして楽しんでいる。別にそれが悪いわけじゃないの。昔と違っていまは、真言宗の修行として回っている人のほうが少ないと思う」

「なにか、こう、達成感を得たくてお遍路をしているとか？」

「そうそう。自分と向き合うとか、家族の病気が治るようにとか願掛けのひともいるけど、チャレンジ感覚での楽しみが目的でもいい。それに一度に全部回らなくてもいいの。全行程を車で回っても一週間以上かかるから、なにやっても大変なんだけど、特に歩き遍路は四十日くらいかかるから、お金も時間も必要。サラリーマンには無理でしょ」

草野は頷く。

「だから、区切り打ちっていうんだけど、週末とか連休の時にやってきて、前回の続きから回るひともいる」

「修行のイメージがあるけど、実はそうでもないと」

「うん。地元の企業が新人研修の一環として回ることもあるし。で、四国に住んでいるひとでお遍路に出る場合、最寄りのお寺からスタートすることが多いのよ。例えば、この周辺に住んでいる人が律儀《りちぎ》に一番から回ろうとすると、スタートもゴールもここから離れた場所になる。どこから回ってもご利益は一緒だから」

春香の言いたいことがわかった。

「つまり、あの納経帳は一番から始まっていたから、持ち主はここが地元のひとじゃないってことだね？　でも、それならなぜ三好家の蔵に？」

えー、っと不意に鋭い質問をされた教師のように困り顔になった。

「いや、ただの疑問。なにしろ古いものだったし、遍路の文化には詳しくないから」

「名前とか書いてなかった？」

「あ、墨書《ぼくしょ》で掠れてよく見えなかったところがあったけど、ひょっとしてそれかな。でも住所とかわざわざ書くかな？　ま、昔なら個人情報とかの考えがなかったのかもしれないけど」

ちょっと待って、と春香は言うと、立ち上がって辺りを見渡し、団体客を引率していた巡礼者とのところに行き、しばらくなにかを話して戻ってきた。

手には栞《しおり》ほどの大きさの、鮮やかな色をした札を持っていた。

「このお札は、お遍路さんが各お寺にお参りするたびに入れていくの。これには決まりがあって、四周目までは白、五周以上は緑、七周以上は赤、二十五周で銀になって、五十周で金。そして百周以上回ったひとだけが、この錦のお札を納めることができるの」

草野は感心して頷いた。

「そして百周以上回っているお遍路さんは生き仏として認められて、このお札はお守りになるって言われているの。で、ほら」

札の裏側には、氏名と住所が書かれていた。

「このお札は、お参りにきた人がどこの誰なのかを仏様に示す名刺みたいなものなの。納経帳も同じ」

元警察官としては……。

「あ、個人情報がどうとか考えちゃったでしょ。犯罪に使われないかって」

「図星……」

「最近は、番地を省略したり、本籍を書いたり、自分の思い入れのある場所を書くこともあるみたいだけど、こうして本当の住所を書いているひとも多いの。いずれにしろ、まったく自分にとって無関係な住所は書かないと思うわよ。特に昔なら」

そして歩きながらつぶやいた。

「でも、どうしてそんなものがうちにあったのかなぁ」

しばらく無言で歩きながら、ぽつりという。

「ま、おなかがすいて頭が回らないから、うどん食べて考えよ」

その製麺所は本山寺から五分ほどのところにあった。トタン屋根の平屋で営業中であることは外からではわからない。

「けっこう早く閉まっちゃうところが多いのよね。製麺の片手間で食堂やっているようなところが多いから」

そう言いながら勝手口のようなドアを開けると、小麦粉の袋が積まれた倉庫のような暗い通路を進む。一見さんでは無理だ。

突き当たりまで進むと、パイプ椅子とテーブルが現れた。

「おっちゃーん、かけ大ふたつねー」

無人だと思っていたら、壁に開いた小窓から、どんぶりに入ったうどんの麺だけが出てきた。

「この時間だからあまり残っていないよー」

壁の向こうからおっちゃんが言うのはトッピングのことらしい。小窓の横のカウンターに、ラップに包まれた小皿と天ぷらが乗ったザルがあった。

春香はいなり寿司とかき揚げをふたつずつ取って会計をした。

「あ、ここは俺が」

「いいのいいの。取材費よ。ま、安いし」

ざっくり計算してみると、一人三百円ほどだ。

「やすっ」

思わずつぶやいてしまった。

次にテボと呼ばれる金網に麺を入れ、熱湯に浸ける。春香によると二、三回くぐらせるだけでいいという。

「だめ、湯切りしちゃ」

ラーメンのように、テボを上下に振っていたら、よく見てろと春香がやってみせる。したたる湯を丼に入れてゆっくりと回し、それを捨てる。それから麺を入れた。

「こうやってどんぶりを温めるのが通なの。はい次！」

今度は金属のタンクから蛇口《じゃぐち》が出ているところに行き、そこからつゆを流し入れる。そして薬味の箱からネギや生姜《しょうが》をそれぞれの好みで投入した。

やたらとガタつくテーブルに座る。閉店間際なのか、他に客はいなかった。

「うま」

感嘆のため息が漏れた。向かいに座る春香も満足気な顔で麺を啜っていた。

「で、さっきのことなんだけど」

草野が言うと、春香がぴしゃりと遮った。

「ここでは私語厳禁。さっさと食べて、さっさと出るのがマナー。ファミレスみたいにくつろぐ場所じゃないの」

郷に入っては郷に従う。

ふたりはうどんをあっという間に平らげ、草野はまた春香の腰にしがみついて鏡浜の駐車場に戻ってきた。

キッチンカーは閉めているので、自動販売機でコーヒーを買い、防波堤に座った。

やや風が強いせいか、いつもより波の音が大きく聞こえた。

「あの、さ」

春香が言った。

「村長って、どうなるのかな」

小俣はこの村の村長であり名士だ。この地の中心人物だっただけに動揺もするだろう。

「まだ捜査中だろうからなんとも言えないけど、村長が奥田さんの死にどれだけ関わっていたのか次第だろうね。状況によっては正当防衛が認められて起訴《きそ》されないかもしれない」

「そっか」

しばらく無言で、波の音に耳を傾けていた。

「あ、そうだった。納経帳の件ね」

「うん、なにかわかる？」

「ううん。て言うか、草野さんが納経帳を気にしているのって、きっとあれよね。足の悪いお遍路さんの噂。祠で見つかったひとのこと」

　草野は頷く。

「巡礼がこの地で終わっていることからも、そうなのかなって」

「でも、そうすると納経帳が私の家にあった理由がわかんない」

「そう。まあ、納経帳だけ預かっていたということも考えられるけど」

「でもさ、それがどうなるの？　村長の件に影響が？」

「いやいや。まったくわからない」

　この時点では、偽《いつわ》らざる思いだった。

「あのね、実は草野さんには言ってないことがあるんだけど」

「それって、なに？」

「村長が私に言ったの。草野さんには気をつけろって」

「東京から来たプレイボーイだからとか？」

　草野はおどけてみせたが、春香の笑みを引っ張り出すことはできなかった。

「いまはね、ちょっとわかる気がする」

「え？」

「草野さん……なんか怖いもん」

言葉が喉でつっかえてしまう。

「え、そんなこと……」

「ううん、もちろん草野さん自身がどうこうじゃないの。とてもいい人だと思ってるのよ、ほんとに。ただ、きっと頭がいいひとだから。……だから、村長のことも驚いたけど、それよりももっと大変なことを見つけちゃうんじゃないかって。それを知ったら、私もいままでどおりに過ごせなくなるんじゃないかって……」

笑って誤魔化《ごまか》すこともできたかもしれない。ただ、真摯に向き合う必要があると思った。いま探している真相は、春香にも関係してくる。そんな予感があったからだ。

「正直に言うと、いま自分がなにを探しているのか自分でもわかっていないんだ。たとえば、殺人事件だと『誰かが死んだ』という結果がまずあって、誰が何故そうしたのかを突き止めていくのが捜査というものなんだ」

春香は頷く。

「だけど今回は違う。なにかが起こった形跡はあるけど、結果がわかっていない。捜査としての出発点がない。そんな感じなんだ。だから、ひょっとしたら、それを知ることで誰かを傷つけてしまうかもしれない」

草野自身、真相を掘り起こそうとしていることの意味を考えていた。義務も義理も、求められているわけでもないのに、突き止めたところで誰が幸せになるのか。

おもむろに生暖かい風が流れはじめ、ポツリと雨粒が頬に当たった。このあと本降りになるのだろう。

「だけどね」

うまく伝えられるかわからなかったが、なるべく丁寧に言葉を紡いだ。

「刑事になりたての頃、いろんなことに直面して悩むことも多かった。なかには真相を明らかにしなかったほうがよかったと思えることもあった。でも、ある刑事が言ったんだ。『真実から目を逸らすことは、いまを生きることに思い上がっているだけだ』って」

春香が顔を上げた。

「すぐには理解できなかったけど、『知らなければよかった』は快適に生きるために『誰かが意図的に隠した嘘』を都合よく利用することだ、と思うようになった。もし春香さんにとって嬉しくないことがわかってしまったとしても、それであなたの存在意義や価値が変わるわけじゃない。一時的に悩むことはあるかもしれないけど、それはこれからの人生の礎《いしずえ》になると思う。決して軽はずみな気持ちで調べようとしているんじゃなく、俺自身がまともに生きていくために試されているような気がするんだ。

もちろん、もし知りたくなければ、誰にもなにも言わずに黙ってここを去ることもできる」

春香は首を横に振った。

「ううん、いいの。草野さんは草野さんのやるべきことをすればいいと思う。それに、興味本位じゃないことも理解できた。ありがと」

やや大粒になってきた雨粒に、草野は持っていたハンカチを広げて春香の頭の上に置いた。彼氏かよ、と春香は笑う。

そして一呼吸置いてから、そういえば、と言った。

「お母さんから聞いたことがあるの。おじいちゃんとおばあちゃんが出会ったのはこの浜だったの。おばあちゃんが溺《おぼ》れそうになったところをおじいちゃんが助けたからなんだって。どこまでも歩いていけそうな砂浜だけど、急に深くなるみたい。それを思い出しちゃった。自分が見たい姿しか見ていないと、本当のことはわからないよね」

にわかに強まった雨から逃れるように立ち上がると、駐車場まで小走りに戻り、春香はヘルメットを被った。バイクにまたがり、エンジンをかける。

そして去り際に言った。

「教えてね、なにかわかったら。たとえそれが私にとって不都合なことでも」

草野は、力を込めて頷いた。


屋根を叩く雨の音に包まれながら、草野はパソコンを起動し、綾子からのメールを受信した。本文はなく、ファイルが添付されているだけだった。

アメリカ国立公文書館の書類の多くはインターネットでダウンロードができるようだ。そのＰＤＦファイルを開くが、当然のことながら英語なので、草野は絶望しかけた。

しかし、ところどころ日本語の注釈《ちゅうしゃく》があった。おそらく依頼したノンフィクション作家によるものだろう。

それらを一つずつ追っていく。

終戦後、アメリカが進駐し、連合軍を代表するようなかたちで日本の統治を図《はか》る。

その際、旧日本軍の施設の多くは連合軍によって接収されたが、山口県の瀬戸内に面する岩国飛行場にはオーストラリア軍が進駐した、と書いてあった。

赤線が引っ張ってあり〝米軍には不本意？〟と書かれていた。

作家の考察によるものだろうが、どういう意味なのか。また、どう鏡浜に繋がるのか。

草野はさらに資料を読み進めていく。

岩国飛行場は、連合国軍内での交渉の結果、中国・四国地方の占領を担当したイギリス軍の配下になり、その後オーストラリア軍に移管されたようだ。

〝米軍は知っていた？〟

また赤ペンが引っ張ってあった。

終戦から五年後に朝鮮戦争が勃発《ぼっぱつ》するが、米軍はそのことを予期していて、占領下の日本を前線基地として使用することを考えていた。そこで、朝鮮半島に最も近い板《いた》付《づけ》飛行場——後の福岡空港を接収したが、その他に海兵隊の拠点を選定するために岩国飛行場を考えていた。しかし、それが叶わなかったため、日本政府に代替地《だいたいち》の選定を働きかけている……。

また別の資料が表示された。日本語で書かれたものも交《ま》ざっている。どうやら沖縄の軍用地についてのようだ。

軍用地とは、国が個人所有の土地を強制的に借地化したものを指す。

沖縄県の面積は日本全体の約〇・六％に過ぎないが、現在、そこに在日米軍基地の七〇％以上が集中しており、沖縄本島でいえば約一五％にあたる土地が軍用地となっている。

草野は辛抱強く資料をめくり、ハッと息を呑んだ。

“Kagami-Hama-Beach, Chichibu-Village, Kagawa-Pref.”

鏡浜の文字を見つけ、その周辺を読み解こうとしたが、これまであった赤ペンがなくなっていて、理解するのが難しくなってしまった。

思わずスマートフォンを取り出して、綾子に電話をかけた。

『質問しないでって言ったでしょ』

機先を制された。

「あのう、なにかありました？」

『ないわよ！』

いや、絶対になにかある。

時計を見ると、午後七時半を過ぎたところ。非常識な時間ではないと思うが、業務時間内とは言えないし、相手にも都合はあるだろう。

考えてみると綾子との関係は、大塚に紹介されたというだけでまだビジネスパートナーというには足りない。もちろん友人でもない。

草野から見ると唯一無二の『担当』なので距離を近く感じていたが、綾子にとっては多くいる作家の中のひとりでしかなく、決して特別ではないのだ。

あらためて認識し、下手に出る。

「えっと、伝わりづらいかもしれませんが、僕は本当に感謝しているんです。僕みたいななんの実績もない男を親身にサポートしてくれて。ただ、ひょっとしたらご迷惑をかけてしまっているのではないかと思うと、申し訳ないやらで……」

『嫌味っすか』

その冷たい声に、顔色を窺うような言い方が裏目に出たのかと焦る。

被疑者に対してはいくらでも強く出ることができるが、女性の気持ちについては鈍感なところがあるのは自分でも認識していた。

「いえ、決してそんな」

すると、綾子は黙っていることもできなかったのか、はじめはぽつりぽつり。やがては決壊したダムのように畳み掛けた。

とどのつまり、依頼したノンフィクション作家や同僚のエージェントと綾子の間に認識のズレがあったようだった。作家はギャラが出る正式な依頼だと思ってアメリカ公文書館の膨大な資料を検索し、内容の精査をし、要約まで入れてくれようとしていた。しかし綾子としては、そんな本格的な解読ではなく、資料を集めるだけ、ギャラも手間賃くらいの予算しか考えていなかった。そこで齟齬《そご》が発覚し、担当のお局エージェントから詰《なじ》られることになった。

赤ペンが途中でなくなっていたのは、そういう理由だったようだ。

綾子に英語のサポートを頼もうと思っていたが、そう言えない空気になっていった。

『ここまでしたんだから、いい記事書いてくださいよね。弊社は慈善事業をしているわけではありません。他の契約作家さんに対しても示しがつかないですから』

最後にプレッシャーをかけられ、通話は切れた。

さすがに気の毒になってしまった。東京に戻った時は、馳走《ちそう》のひとつやふたつ、考えておかねばならないだろう。

さて、と草野は換気がてらハイエースの後部ドアを開けた。ドアは跳ね上げ式なので、ちょうど庇《ひさし》のようになる。荷室に腰掛け、雨足が強くなった鏡浜を眺めた。

こうなると頼りは一人しかいなかった。

スマートフォンを取り出し、電話をかける。

「白羽さん、いまってどちら？」

『高松の支局ですけど、どうかしましたか』

「記憶が確かならば、留学してたよね？」

『ええ、アメリカのスタンフォード大ですが……』

草野は膝を叩いた。

「実は頼みがあって」

『珍しいですね、頼ってくれるなんて。嬉しいですよ、なにをすればいいんです』

嬉しそうな声に、きっと友達がいないんだろうなと思う。それとも、自分が力になることで、かつて草野を辞職に追い込んだことの罪悪感が薄まるのだろうか。

本当なら白羽には頼りたくなかったが、これぱかりは自分ではどうすることもできない。

「いま手元に英文の資料がたくさんあって、解読の手助けを頼みたい」

『ちなみに、それって急ぎですか？』

草野は状況を伝えた。

数十年止まっていた時計を動かすことだから、いまさら急ぎではないし、捜査との関係もいまのところない。つまり、白羽に草野の頼みを聞き入れるいわれはないと。

しかし白羽は特に考えるでもなく了承した。

『なるほど。じゃあ、明日の朝イチに鏡浜に行きますよ。報告書を作成するのに現場にもう一度行きたかったし、春香さんのコーヒーも飲みたいし』
「悪いな。コーヒーは奢る」
『草野さんから、コーヒーを奢ってもらえる日が来るなんて』
必要以上に懐かれても困るのだが、と草野は雨空を見上げた。

11

翌朝までに雨は上がったものの、雲の動きは速く、空模様は猫《ねこ》の眼のように変わる。雨に濡れたテーブルと椅子を拭き、草野はパソコンのディスプレイを開いた。

白羽は宣言どおり朝一番で乗り込んできた。遅れて到着した春香は、もう会うこともないと思っていた白羽の顔があったことに驚きながらも、嬉しそうにコーヒーを淹れてくれた。

「公文書館の資料……どうしてまた千々布村の生い立ちを調べているんです？」

白羽はディスプレイを覗き込みながら、眉根を寄せた。

「それが、自分でもわかってない」

「え？」

「おぼろげに感じているのは、今回の奥田の件、あれは氷山の一角じゃないのかってことなんだ」

「どういうことです」

「いまさら過去を掘り起こしたところで、小俣村長が奥田の死の一端であるという事実は変らないだろう。だけど……」

　綾子の言葉が頭をよぎる。

「ちなみにワイダニットって知ってる？」

　眉間の皺はそのままに、白羽は首を横に振る。

「ミステリー小説における謎の要素のひとつで、なぜやったのか、という意味らしい」

「ああ、“Why done it”ってことですか。つまり……小俣村長は、全てを語っているわけじゃないと？」

「そう。なぜやったのか――これは、奥田の行動がどうこうというより、もっと過去に遡るような気がする」

「どうしてそう思うんです」

「二人の足の悪い男。これが気になって仕方がない」

「つまりは、白骨の正体ですか」

草野は注意深く頷いた。

「それが何者なのかがわかれば、今回の小俣村長の行動を理解できる――」

「ちょ、ちょっと待ってください。小俣村長は偽証《ぎしょう》しているんですか」

「いや、小俣村長が語ったことは本当だと思う。ただ、あえて言っていないこともあると思っている。大義のために」

白羽は口を開いたものの言葉が出ないようだったが、蝉が頭上を掠めたことで我に返った。自身の理解を確かめるように、慎重に言った。

「大義……小俣村長が奥田の死に関わったことは確かだけど、『誰か』または『なにか』を庇《かば》っている……？」

草野は頷く。

「小俣村長がひとつだけ嘘をついたとしたら、それは白骨の正体だ。生前の存在は知らないのかもしれないけど、少なくともどんな人物だったのかは知っているんじゃないだろうか。だからそれを見てしまった奥田の行動に危機感を抱いた」

「口論のきっかけというのは、私有地に入り込んだことではなく、やはり白骨の正体を突き止められたくなかったからですか」

「奥田自身は面白半分で公開したとしても、ネットに拡散すれば誰かの興味をひいて真相を突き止められてしまうかもしれない。それを恐れた。自首することで早期の解決を図ったのもそのせいだと思う」

「そこまで恐れることって……。あの白骨って、いったい何者なんでしょうか」

「それを理解するには、白骨の男が埋められた頃に、この村になにがあったのかを知る必要があると思う」

白羽は納得したような表情でまたディスプレイに目を戻した。

「それでこの資料なわけですね。でも、なんだかバラバラですね」

「エージェントの話だと、これらはアメリカ公文書館のデータベースで〝千々布村〟というキーワードで検索してヒットしたファイルを引っ張ってきたものらしい」

「アメリカの公文書に千々布村の名前が出るとしたら、やはり基地建設の件ですね。それで軍関係の資料が多く含まれている、と――あ、これを読むと、日本政府が示した候補地のひとつとして千々布村の名前が挙がっていて、最終段階まで進んでいたようですね。関係者が鏡浜を直接視察して、気に入ったようです」

「じゃあ、日本政府は鏡浜を軍用地として借地化する手続きに入った……？」

「ところがそうはならなかったようです」

白羽が指を指したところには〝Demobilization Agency〟とあった。

「なに、これ？」

「復員庁のことですね」

それは、戦後の復員関連の業務を行う機関だ。

「前身の復員省には旧陸軍の第一と、旧海軍を担当していた第二があり、その後に統合されて復員庁となりますが、そこの大臣官房に〝サタケアツシ〟という元海軍少将の名前が出てきます」

「なぜ復員庁が出てくるんだ？　軍用地の借地関連は担当が違うはずだよね」

白羽が沈黙して書類を読み込むのを、草野は静かに待った。

「どうやら……アメリカ政府の認識はちょっと違うかもですね。復員省時代から流れを汲《く》む、海軍再建を模索《もさく》するグループがあったようです。有志の勉強会みたいなもので正式なものではありませんでしたが、この動きはのちの海上保安庁、海上警備隊、そして現在の海上自衛隊の創設に繋がります」

「大臣官房のサタケという人物がそれに関わった？」

「いえ、そういうわけではないようですが……なんだろ、えっと……あ、ここか。どうやらサタケも海軍復興を目指していたようですね。それで、アメリカ政府に軍用地を提供し、ゆくゆくは日米の共同運用や、占領終了後に基地の移管を狙っていたようですね。アメリカが運用する最新の基地を譲ってもらえばその後にも繋がりますし、そしてアメリカもそれを承知の上で話を進めていたようです。そして、千々布村の鏡浜がその筆頭に挙げられています」

この地が沖縄のようになっていた可能性がある……？

「しかし、それが突如、撤回されています」

「それは、なぜ？」

「詳細は不明ですが、こっちの議事録には“Village Mayor – Jin Miyoshi”の名前があります」

三好仁――春香の祖父だ。

「どういう内容？」

「ちょっと前後関係がわからないのですが、土地借用については、もともと千々布村側からの申し出があったとされています」

「えっ、その後に反対しているのに？」

「はい。サタケは千々布村村長が軍用地化に積極的だとの報告を内閣に上げていたようです。しかし、その後に千々布村が撤回、というか、そもそもそんな話はしていないと異議を唱えたことで紛糾《ふんきゅう》しています」

「最終的に米軍はこの地から去っているが、占領国たるアメリカが、そんな瀕死《ひんし》の日本政府のバカな説明によく納得したな」

「いや、してないですね。ただ、大阪の支局に出頭した三好村長は英語での弁がたつ人物だったようです。連合軍各国の国力、アジア地域に対するアメリカ政府関与の思惑、その他情勢を鑑《かんが》み、岩国基地のイギリス・オーストラリア軍は数年のうちに撤退するから、そこを使用したほうが基地を建設するよりも早い。そして、今後誕生する日本の組織と共同運用したほうが、国民の反感も少なくなると力説しています」

「えっと、終戦直後だよね」

草野は思わず確認した。その当時、片田舎の村長に進駐軍とやりあうだけの語学力、世界情勢の知見があったことに驚いた。

白羽が口角を上げた。

「ここは面白いですよ。村長を示す英語は、“Mayor”と“Headman”のふたつがあるのですが、会談当初の三好村長の肩書は〝Mayor〟と表示されているのに、終盤になると“Headman”に変わっています。“Headman”には、村長の他に処刑で首を切り落とす役人という意味もあるんです。一歩もひかない三好村長を見てそう表現を変えたのでしょう。交渉をぶった斬るってことで」

草野は頭を上げ、偉大なる村長の孫であり、いまはキッチンカーでちょこまかと働く春香を見た。普段と変わらぬ様子だったが、やはり表情が曇る瞬間があった。

奥田の死に小俣が関わっていた。平和を絵に描いたようなこの村での事件に、少なからずショックを受けているのだろう。

そして脳内ではある考えが湧いてきていたが、果たしてそれを突き詰めていいものかどうか、正直わからなくなっていた。

来年になればこの村の歴史も終わる。このままでも、誰も傷つかないのではないか。しかし春香は、たとえそれが不都合なことであっても教えてほしいと言っていた。

「白羽さん、もうひとつお願いがある」

草野はぼんやりと鏡浜を眺め、逡巡したあと、白羽に言った。

漠然《ばくぜん》とした、自身の考えを確かめるためだった。まだ全てが明らかになってはいない。ひょっとしたら、予想外の真実が姿を現すかもしれない。

しかし確かめないわけにはいかなかった。時間を大きく隔ててもなお存在する大義とはなにか。答えは過去にある。

「え、どうしてまたそんなことを……」

草野の頼み事を聞いた白羽の眉間に皺が寄っていく。

「白羽さん、言ってたでしょ。まだ全ての情報は繋がっていないって」

「はい、確かにそうですが、直接関係のない情報が混在していただけで、現実はそんなものなのかな、と。でも草野さんはそうは思っていないってことですか」

そこで深いため息をついた。

「でもこれ、令状なんて取れないしなあ……」

草野を恨めしそうに見る白羽に、小さなビニール袋を手渡した。

「これを使ってください」

「え、これって……」

「あくまでも私的鑑定。裁判等においても証拠としては採用されないでしょうが、そもそもそんなつもりはない」

「結果がどうあれ、表には出さないと？」

「そう。これは、あるひとりの女性のためにすること。もしなにかあれば責任は俺が取る。これを提供するのも俺が勝手にしたことだから、白羽さんに嘘をついたことにしてもいい」

「もし草野さんが現役刑事だったら、こんな時どうします？」

草野は両掌を上に向け、アイ・ドント・ノーと肩をすくめてみせた。

「ずるいなあ……」

規律の権化《ごんげ》のような白羽に、それを破れと言っている。無茶は承知だったが、白羽は再度パソコンに表示された資料に目を戻し、コーヒーを飲み干した。

「とりあえず二日ください」

12

白羽は言ったとおり、二日後に答えを持って現れた。

草野は無人の浜辺に誘い、白羽から答えを聞いた。

そして、暗澹《あんたん》たる気になった。

「草野さん、これって、いったいどういうことなんですか」

白羽も困惑気味だった。

草野が依頼したのは二件のＤＮＡ鑑定だった。

一件目は資料コーナーに展示されていた軍刀だ。

軍刀には敵の血痕《けっこん》がいまも残ると言われていた。刃は綺麗に手入れをしていたようで痕跡はなかったが、柄の飾り紐の部分から血液反応が検出され、それが白骨死体のＤＮＡと一致した。

「つまり、あの白骨死体は、この軍刀によって殺されたということですよね」

「そうなるね。それで、もうひとつの鑑定なんだが」

それは春香の伯父である忠信のＤＮＡ鑑定だった。白骨死体と春香については鑑定済みで血縁関係は否定されているが、忠信はどうか。

以前、道後温泉に話を聞きに行った時に、忠信の吸《す》い殻《がら》を二本ほど回収していた。なぜそうするのか、自分でもその時は理解していなかったが、時として刑事は、得られた情報を理路整然と説明できなくても、ひとつのスジを見出していることがある、それは当てずっぽうではなく、経験に裏打ちされた〝刑事の勘〟と言われるものだ。

その時の草野は、忠信と話した内容や父親の印象から〝ルーツ〟というキーワードを感じていたのかもしれない。

本人の同意なく採取したものだから裁判における証拠能力はない。しかし、真相を証明するための能力はある。

果たして、忠信のDNA鑑定の結果、白骨となって発見された人物との間で、九五％以上の確率で親子関係であることが確認されたのだ。

「これがよくわかりません」

白羽は頭を掻いた。

「春香さんの母親である雪子さんと、その兄である忠信さんは、父親が違うということになります。でも戸籍《こせき》を調べましたが離婚歴などはありませんでしたので、どちらかが非嫡出子となります」

つまり、白骨の人物と親子関係にある忠信と、雪子は異父兄妹《きょうだい》ということになる。

「となると、雪子さんのお母さん――つまり三好仁村長夫人であるミスズさんが不貞《ふてい》を働いたことになりますよね」

草野は頷きながらも、違和感を覚えていた。

「この小さな村で、そんなことができるものかな。実際、三好村長の女癖の悪さは知られていたようだし、相手が誰であれすぐ噂になりそうだ」

白羽が頷くのを待って、先に進んだ。

「そこで気になるのは例の足の悪い男」

「お遍路の途中で行き倒れたという男ですよね。つまりは白骨の男……あっ、まさか！」

白羽の叫び声は、いまは三百メートルほど離れたところにいる春香にも聞こえてしまうのではないかと心配になった。

「そのお遍路さんと、ミスズさんが関係を持った。それで生まれたのが忠信さん。だから兄妹でＤＮＡが違うんだ」

納得顔の白羽は興奮気味に続けた。

「三好仁は、手癖が悪くてミスズさんも手籠同然で結婚したと言っていましたが、その時に妊娠したのはお遍路さんのほうの子供。それが後になってバレてしまい、怒った仁によってあの軍刀で殺害された。だから堕ろせと言っていたんだ……」

確かに草野も同じことを考えた。しかしそれでは全てのピースは埋まらない。

「首に残された刀傷についてはどう思う？」

「三好も軍人です。剣術においても多少の心得はあったと思いますよ。だから手にかけて山に埋めたんじゃないですか」

草野が首を横に振ったのが意外だったようだ。白羽は抗議するような目で草野の考えを促す。

「その足の悪い男についてだけど、白羽さんが聴取してきてくれた情報では、村長は杖が必需《ひつじゅ》だった。しかし忠信さんに聞いたところ杖はかならずしも必要ではなかった。それに、米軍を退けるほどの国際感覚に富んだ村長だったみたいだけど、村の記録を追う限り、海軍兵学校を出た将校ではあるものの、留学をしたなどの記録はない」

「どういうことなんです？」

草野は静かに深呼吸をした。

「つまり、村長は二人いた」

「二人？　意味がわかりません」

草野は枝を拾い上げると、砂浜に絵を描いた。

「白骨死体は三好村長だ。そして――」

「ちょちょちょっと、待って！　なに重要なことをさらっと言うんですか。あの白骨死体が三好村長？」

いいから聞け、と暴れ馬を押し止めるように両手をかざす。

「さまざまな情報がひとつに繋がるとしたら、どんなことが起こっていたのか……。まず三好村長は何者かに殺害された。残された太刀筋から、おそらく犯人は、小俣村長の父で名士でもある小俣順一だと思う」

今度は線を引っ張って、三好村長の妻・ミスズを示す丸印に繋ぐ。

「三好村長の死後、何者かが村長、そしてミスズさんの夫として入れ替わり、ミスズさんは雪子さんを出産した。忠信さんと雪子さん兄妹でＤＮＡが違うのはそのためだ」

白羽はしばらく呆然としたあと、激しく首を横に振る。

「いやいや、そんなこと、他の村人が気づきますって」

「もちろん」

草野の涼しい顔を見て、白羽の顔色がすうっと変わった。

「まさか、村長の入れ替わりは、村人公認？」

「だとすれば辻褄は合う」

「ひょっとして、村長の写真が残っていないのって……」

「ああ、なんらかの理由で記録を残したくなかったのかなと思っていたけど、それは村長が入れ替わったことを後世にも知られたくなかったからだ」

「え、じゃあ米軍と渡り合った英語堪能な村長というのは、入れ替わったほう？」

「そういうこと。当時の村民がその入れ替わりを支持したのも大義のため。公文書には、当初は村側から軍用地の打診があったと」

「そうですね」

「それをしたのは、三好仁本人だった。でも、それが村の総意じゃなかったとしたら？」

「村民の怒りを買って……あ、それが小俣順一ですか」

小俣家は村の大地主でその名が付いた地区があったほどだ。代々この村を守ってきた名士からすれば、この土地が勝手に米軍に売り渡されることは、文字どおり売国行為に思えただろう。

「そこで諍《いさか》いが起こり、小俣順一は三好村長を殺害。山中に埋めた」

「しかし村長の行方が不明なだけでは、米軍が乗り込んでくる……」

「そんな時、遍路でこの村を訪れ、その美しさに胸を打たれて居着いた者がいたとしたら？　その者に、知性と語学力と、この村を守りたいという覚悟を持っていたとしたら――」

白羽はまた首を横に振る。

「それまでの自分を捨て、別の人物に成り代わって残りの人生を過ごすって、いったいどんな理由ですか」

もはや喧嘩腰に近い口調だった。

草野の脳裏に浮かぶのは、やはり〝大義〟だった。入れ替わった村長は、自分の人生を犠牲にしてでも成し遂げたいと思った。それは他の村人も同じだ。村を守るために真相を隠し通さねばならない。

そして、それは時を経た現在にも引き継がれていたが、運命の悪戯《いたずら》か、結果的には奥田の死に繋がった……。

「つまり、小俣家は二代にわたって、この村の脅威を排除したことになる」

「村のひとは奥田によって過去が暴かれるのを恐れていたということですか？　そんなばかな。村長の入れ替わりがいまさら米軍にバレたからといって、乗っ取られると？」

「実際問題として秘密を受け継ぐことは難しい。世代が変われば考え方も変わる。秘密を子に受け継がなかった家系もあるだろう。ただ、沖縄県の基地移転問題、特に辺野古《へのこ》の埋め立ての一件はこの鏡浜と重なる。反対運動が起きても政府は埋め立てを承認してしまう。その危機感を持つひとがいてもおかしくはない」

「確かに、それはあるかもしれませんが……。それで、これからどうしますか」

「俺にとっては、遠い昔にこの村で起こったことを公表するために、ウラドリして立証する理由はない。これはひとりの女性のルーツに関わる問題だ」

「……春香さんですか」

春香の母親と伯父は兄妹ではあるが、それぞれの父親が違うことを知ったらどう思うだろうか。いまさら家族との絆《きずな》が切れることはないだろうが、その心中は計り知れない。

しかし、自分がどこから来たのかという根源を知ることは、自分自身への思い入れにも繋がるだろう。その自己肯定感は人生の礎となり、心の豊かさをもたらしてくれるはずだ。

「まだ、明かす時じゃないと思う」

ただ単に事実を伝えるのではなく、〝祖父〟がどんな人で、どんな生き方をしたひとだったのかをしっかりと伝えてやりたいと思った。

高松支局に戻るという白羽を見送り、草野は、幻想的な浜辺を眺めながら、かつて、この穏やかな村に起こったことに思いを馳《は》せた。

13

草野は三豊警察署のロビーにいた。ソファーに座り、道路使用許可や免許の更新のために訪れるひとたちの流れを見ていた。

「草野さん、お待たせしました」

白羽が階段を下りてきて、草野に手を挙げた。

「無理を言ってすまない」

「いえ。どんな結末になるのかはわかりませんが、私も見届けたいので」

「思えば、君が掘り起こしたヤマだしね」

「私はここ掘れワンワンと言っただけで、実際に掘り起こしたのは草野さんですよ。それに香川県警の科捜研もなかなかやるでしょ」

実は、白羽はある事象について科捜研に調べさせていた。そして草野に全てを託《たく》そうと考えて連絡してきたのだった。

ふたりは刑事部屋を抜け、取り調べ室に入った。

鼠色のスチール机の向こうにいた小俣が、ぺこりと頭を下げた。

「外にいますので、なにかあれば」

そう言って白羽がドアを閉めると、草野とふたりになった小俣は意外そうな顔をした。

「あの、取り調べでは」

「厳密にいうと、違います。私はもう刑事ではありませんので」

「ではいったい……」

小俣に村長だったころの威厳《いげん》という表面に溢《あふ》れていた自信は消えていた。いまはただ、かつての草野が接してきた犯罪者のそれだった。

「正当防衛が認められるそうですね」

小俣は項垂れる。

「結果的に一人の方が亡くなられた。その事実は変わりませんが」

「竹藪の竹に、傷を見つけたんです。あちこちの竹の、目線より少し高いところに」

「あれは、草野さんの発見だったのですか」

草野が見た竹に残された傷跡。あれは奥田が柄鎌を振り回したものであることがわかった。傷の位置がバラバラだったのは竹の成長度の違いのせいで、若かった竹ほどいまは高いところにあったが、どれも柄鎌によってつけられた傷だと判明した。さらにそれらの傷はほぼ水平方向に抉《えぐ》られていたため、竹を切り落とす意図ではなく、小俣を威嚇《いかく》するために柄鎌を水平に振り回したもので、竹藪の中を小俣を執拗《しつよう》に追いかけた時に付いたものだと考えられた。

話し合いから口論、そして柄鎌で追われることになり、小俣は近くにあった竹を使って奥田の喉を突いたのだった。自分の身を守るために。

「しかし、今日伺ったのは、奥田さんのことではありません。いや、厳密には繋がっていますが、それよりももっと前の話です」

「といいますと」

「ここから先はオフレコです。誰も聞いていませんし、あなたを陥《おとしい》れようという意図もありません」

「意味がわかりかねますが……」

「あなたが奥田さんに襲われたことは確かだと思います。ですが、逃げようと思えば逃げられたのでは？」

小俣の目がしゅっと細く尖《とが》った。ノーコメントを態度で示すように、口を真一文字に結んだ。

「奥田さんが柄鎌を振り回したのは事実でしょう。ただ、竹に残る傷の跡から推測するに、ただ単に振り回していただけです。つまり、脅す意図はあってもあなたを傷つけようとは思っていなかった」

口はわずかに動いたが、言葉は出ない。

「さっきも言いましたが、私はあなたを罪に問おうとは思っていません。これは、いまを生きるある女性を救うためなんです」

「あのお嬢さんか……。あなたがどれだけ調べたのかはわからないが、ここに来たということは、ある程度真相に辿り着いたんだろう。だったら――」

語尾が強まったことを詫《わ》びるように一息つくと、静かに言った。

「沈黙していることこそが救いになるとは思わないかね」

「周りが知っているのに本人だけが知らないのはフェアではありません」

「あなたは……どこまで知っているのですか」

「では、これから申し上げます」

草野は淡々《たんたん》と、自分の考えを語った。

三好忠信と雪子が異父兄妹であること。白骨死体は三好仁であること。そして流れ着いた遍路が三好仁に成り代わったこと……。

小俣はそれらを遮ることなく、じっと耳を傾けていた。

話し終わると、ふうっとため息をついた。

「なるほど。よくできたプロットだね。さすがライターさんだ」

「間違っていますか」

「それを、どう証明するのかな？」

「アメリカも日本も、公文書はネットでも閲覧《えつらん》できるんですよ。便利な世の中ですね。そこで三好村長のことを調べてみました。海軍兵学校を出ていますが特に目立って優秀というわけではなかったようですね。その後、大連へ出撃していますが、そこで佐《さ》竹《たけ》海軍少将と同じ船に乗っていたようです。ご存知でしたか？」

「佐竹？　知らんな」

「この佐竹という人物と三好村長が組んだ話なんですよ、これは。占領解除後の日本を丸裸で置いておくわけにはいかない。体力がつくまではアメリカにいてもらうことが肝要《かんよう》だとの認識でいて、この鏡浜を米軍基地として差し出す計画を立てていたんです。どちらがもちかけたのかはわかりませんが、大臣官房にいた佐竹と三好村長が結託して進めた話なのでしょう。占領下であっても地元と良好な関係を築いておくのはその後の基地運営に関わる重要事項ですが、村側が立候補してくれたとなれば政府も前のめりになるし、それなりの金が動くのは予想に容易い」

草野は一呼吸置き、小俣の表情を観察してから続けた。

「これが直前で御破算になり、鏡浜の軍用地化は白紙撤回されています。政府と橋渡しをした佐竹や、米軍に打診してしまった日本政府は黙っていられないはずですが、なぜか……。記録によると、三好村長が説き伏せたということになっています」

「この村に残る武勇伝のひとつだな」

「そうなんでしょうか」

「どういうことだ」

「では野村俊介《のむらしゅんすけ》という人物はご存知ですか」

小俣の顔が引き締まった。本当なら知らないと言うべきシチュエーションだったが、その名が出たことがあまりに意外で、自身でも顔に出てしまったと思ったのだろう。目を細めた。

「どこでその名を……」

「春香さんの実家の蔵です。そこに、この地で巡礼が止まってしまった納経帳が見つかりました。墨書きで名前が書いてあったものの掠れていましたが、赤外線による解読法で判読することができました」

墨書きの場合、紙の繊維《せんい》の中に浸透していれば表面が掠れて読めなくても墨が赤外線に反応する。刑事時代に鑑識に聞いていたことを思い出してやってみたのだった。すると文字が浮かび上がってきた。

春香の言ったとおり、そこには氏名と住所が記されていた。

「ひょっとしたら、掠れていたのは意図的なものかもしれません。この人物は、本当なら自身の痕跡を消すため、納経帳も捨て去りたかったのかもしれません。しかし、もともと戦友の死を悼《いた》んで巡礼していたのなら、そういうわけにもいかなかったでしょう。そして——ひとつの結論に結びつきます」

草野はそっと息を吸った。

ずっと頭の隅にあった真実。これまでバラバラだった数々の要素が、いまは一本にまとめることができる。

「三好村長に関する写真はことごとく見つかりませんでした。これも意図的なものでしょう。不自然に写真が抜け落ちたアルバムもありましたから。これは……野村俊介による村長入れ替わりが、後世にバレないようにするためですね？」

小俣はしばらく呼吸を止めてしまっていたのか、ややあって今度は肺の空気を全て吐き出すかのように長いため息をついた。

そして値踏みをするような目で草野を見る。

「小俣さん、私は興味本位で過去を探っているわけではありません。また、過去の罪を曝《さら》け出そうしているわけでもありません。ただ、春香さんには伝えるべきだと思っています。彼女のルーツは、あの浜を守りたいという気持ちで受け継がれているものです」

「あの子に伝えて、どうする」

「それだけです。彼女がよりよい人生を送るために、彼女には知る権利があると思います。本当の祖父がどんな人だったのかを伝えたい」

小俣は低く抑えた声で言う。

「だが沖縄を見ろ。県知事を含めて多くの人が反対した。裁判にもなった。それなのに辺野古の基地建設は着工した。あの美しい浜の埋め立てを政府が容認したんだ。いまだに日本はアメリカの言いなりだ。そして沖縄の基地負担を減らすために頭を悩ませる日本政府が、代替地として、過去に交わされていた密約に目を付け、いまに蘇《よみがえ》らせることだってあるかもしれないだろう」

草野はまっすぐに向き直った。

「真実を知った春香さんが、それを望むと思いますか」

沈黙の空気が部屋を満たした。

「君は、許可を得に来たのか？」

「そうかもしれません」

小俣は周囲を見渡した。

「大丈夫です、録音などはしていません」

「これからを生きるあなたたちに……真相を託す」

背もたれによりかかり、草野を睨んだあと、ぽつりぽつりと話しはじめた。

草野のスジ読みは、大筋では合っていたが、いくつか補足もあった。

「三好仁という男はかねてから素行が悪く、春香の祖母にあたるミスズを強引に自分のものにした。忠信を妊娠したことで籍を入れたものの、女癖が直ることはなくトラブルも多かったし、虐待もあったらしい。ある日、野村俊介という遍路がこの地に流れ着いた。あんたのことだ、その男のことは調べたんだろう？」

「はい。納経帳にあった住所は現在の新潟県糸魚川《いといがわ》市能生《のう》。役所に連絡して調べてもらったところ、俊介は大陸からの引き上げ後、行方がわからず鬼籍《きせき》に入っていました」

「彼は戦友を弔《とむら》うために遍路に出た。その道程で何を思い、何を悟っていたのかはわからない。ただ、あの浜の光景に目を奪われて……鏡浜にしばらく足を止めているあいだに事件に巻き込まれた。ちょうど、あんたのようにな」

草野は小俣から視線を逸らさず、慎重に頷いた。

「ミスズさんは、忠信くんをもうけたものの、暴力――いまでいうＤＶに悩まされていた。それは肉体的にも精神的にもきついもので、追い詰められ、その日、死のうとしたらしい。あの浜でな。子供を抱えたまま、海に入ったんだよ」

小俣はその方向がわかっているかのように目を向けた。

「野村はその時、鏡浜で野宿をしていたようだ。赤子を抱えて海に入るミスズさんを見てただごとではないと察し、慌てて助けに入った。それからというもの、野村はミスズさんの精神的な支えになっていたようだ。その直後だ。三好による村の軍用地化計画が発覚した」

金だよ、と小俣は吐き捨てるように言った。

「かつての上官と組んで、この村を日本政府、ひいては米軍に売ろうとしたんだ。大好きなこの浜が奪われる、そう嘆いたミスズさんに、野村は助言をするようになった。彼はイギリスに留学した経験があったんだ。それが、当時、軍用地化計画を撤回するよう三好の説得を試みていた親父の耳に入った」

「父上は心強い顧問《こもん》を得られたわけですね」

小俣は頷いた。

「終戦後のボロボロの占領国とはいえ法律はある。野村はその違法性を説いた。予想外の論客に焦ったんだろう。三好は佐竹と組んで野村を亡き者にしようとした。まさにあの浜で複数の刺客《しかく》に待ち伏せされた野村は膾《なます》のように切られた。そこに私の父や道場の者たちが駆けつけた。しかし困ったことになった」

草野は眉根を寄せて先を促すと、小俣は苦しそうに口を開いた。

「あくまでも正当防衛の範疇《はんちゅう》だと思っているが……乱闘の最中、私の父は三好が切りつけた軍刀を奪い、喉をひと突きにした」

思わず息を呑んだ。

「そして佐竹は……その場から逃げる途中、波に呑まれた。遺体となって発見されたのは翌日のことだ」

「……野村さんを襲撃した刺客の中に、そのふたりもいたんですね」

「ああ。佐竹は事故死の扱いだったが、三好についてはいくら正当防衛を主張しても『村長が基地建設反対派によって殺された』などと流布《るふ》されたら国中から同情が集まってかえって計画が進んでしまう。そんな危機感に襲われた」

「確かにそうですね」

「そこで、野村が手を挙げた。三好に成りすまし、自分が大阪に乗り込むと……」

野村は全身包帯だらけという異様な格好でＧＨＱの大阪司令所に現れた。それは身元を隠すうえでも好都合だったのだろう。基地建設の全ては佐竹が勝手にしたことで、反対した自分は佐竹の刺客に襲われた。村として賛成したことはなく、今後もない。

そして未来の日米の関係を鑑みる時、アメリカにとってメリットがあるのは強引な接収ではなく共存だ、と説いた。

そして野村の推測どおり、岩国基地からイギリス・オーストラリア軍が撤退し、その後、米海兵隊が入れ替わるように駐留。現在は海上自衛隊との共同運用にはいっている。

「通訳を介さず英語で渡りあったようだ。だが、ニセモノとわかれば、それを理由に乗り込んでくるかもしれない……辺野古の海のように。この村の存亡などお構いなしにな」

「そして野村さんに村長として残るよう指示した？」

「違う。彼が残りたいと言った」

「自分の人生を捨ててまで？」

小俣は重々しく頷いた。

当時の村の世帯は四十ほどになっていたという。戦後の混乱、村民の賛同と称賛。そしてあらゆる情報が紙やひとの記憶によって成り立っていた時代だったからこそ、それが可能だったのだろう。

記録によると三好仁は六十歳で死んだことになっているが、三好と野村は十一歳差であるため実際は四十九歳で死んだことになる。

小俣とはじめに会った時、若くして死んだ、と表現してしまったのはそのためだろう。また忠信も父親のことを、「年齢の割に若く見えた」と言っていた。

だが、どんなにそれが可能であったとしても、過去の一切を捨て、他人として人生を歩むなんて、どうしてできるのだろう。

「彼が戦争で何を経験したのかはわからない。ただ、彼にとってもミスズさんは支えだったし、ミスズさんも同じだったと思う。そして生まれたのが春香の母親である雪子だ」

その名は、ミスズの雪国に対する憧れからその名が付けられたと聞いていた。きっと野村俊介は、二度とその土を踏まないと誓った故郷の話をミスズにしていたのだろう。

小俣は体が萎《しぼ》んでしまうのではないかと思うくらい深く長いため息をついてから、ぽそりと言った。

「それが不義だとは思わん。その愛情は春香まで、ずっと続いている」

「小俣さんは、その秘密をお父様から受け継ぎ、今日まで守ってきたんですね」

すでに項垂れていた頭を、さらに下げた。

「あの子は、それを受け止められるだろうか。真実を聞いてどうするだろうか。あなたはどうだ」

草野は思案した。

「もし春香さんが、名乗り出て真相を明らかにしたいと言ったら、私は協力すると思います。でも、そうはならないと思います」

この浜を守るために関わった多くのひと。そのために自分の人生を捨てた本当の祖父の思い。

春香は、そんなことに思いを馳せながら、あの鏡の海で明日もコーヒーを淹れてくれる。そんな気がしていた。

潮が引き、広大な潮溜まりが出現していた。

夕方から夜にかけて訪れる凪《なぎ》の時間。その浜辺は鏡のように空を映していた。

若者たちが写真撮影に夢中になっている様子を、草野は防波堤に腰掛けて眺めていた。隣には春香がいる。

いま、全てを話したところだった。

「そっか、そういうことだったんだ」

それから破顔する。

「よかった、捨て子じゃなくて」

と冗談めかして言った。

「君は間違いなく、愛し合ったひと同士の間に生まれた子孫だよ。この美しい浜を守りたいと思った全てのひとの気持ちをいまに受け継いでいる」

横に目をやると、春香がにやにやとしている。

「わー、その顔で愛とか語っちゃうわけですか。キャー」

そう言ってはしゃいでみせているのは、この複雑な感情を処理する、いまできる唯一の方法だからなのかもしれない。

それから手にした納経帳を撫でた。

「これが、おじいちゃんの……」

「そう。納経がこの地で止まっていることが、そのひとの覚悟を示しているように思えるよ。これまでの自分を捨て、この村に殉《じゅん》じるんだ、という」

「そうね」

春香は沖合を進む大型船のシルエットに目を置いたまま、ふわりとした声で言った。

「納経帳ってね、八十八ヶ所全部集めると自分が死んだ時に『極楽への手形』として一緒に火葬してもらうという考えもあるの。だから……もしこれが全部回っていたら焼かれちゃってたかもね。写真とか、自身に纏《まつ》わる記録を全部捨てようとしても、思いを込めてここまで歩いてきた納経帳は捨てられなかった。だから、何十年も経って草野さんが見つけることができた。私もこうして、おじいちゃんの想いに触れられたんだよね」

「まあ、はじめにきっかけをつくったのは、憎きあいつ——白羽だけどね」

春香は屈託《くったく》のない笑い方をした。

「それで、真相を知る最後の子孫である君はこれからどうする？　野村さんの生き方にライトを当てるのかな？　それとも——」

「そんなの、おじいちゃんと私だけの秘密よ」

納経帳を抱きしめた。

「この続き、行ってみようかな。あと十八ヶ所しかないけど」

「それはいいかもしれないね。この浜を守ろうとしたひとの絆だね」

「草野さんってさ、ほんと顔に似合わずロマンチストよね」

「顔は余計だろう」

ひとしきり笑い声を重ね、海に視線を置いたまま言った。

「で、そろそろ発つの？」

「え、なんで」

「だって、ほら。窓の日除《ひよ》けも取ってあるし。さっきフロントガラスを拭いてたし」

観察眼が鋭いな、と草野は苦笑する。

「あの……さ」

春香が真剣な目で見てきたから、草野は浮かべていた笑みを慌てて引っ込めた。潤んだ瞳《ひとみ》に、この浜辺のように、夕焼け空が映り込んでいた。

するとと、春香は吹き出した。

「あー、いま告白されると思ったでしょ」

「や、え、そんな」

「ウケるー！」

もう一度、浜辺に目をやり、それからいつもの笑みを見せた。

「また来る？」

「もちろん」

「社交辞令なら言うなよ」

「違うって」

「ま、でも、期待せずに待ってるわ。いつ来ても、ここでコーヒー淹れてあげるから。さ、行って。草野さんっていつまでもウジウジして行けなさそうだから」

「ひどい言われようだ」

草野も笑う。

「私はほら、これから稼ぎ時だから見送れないけど、お達者で。じゃあね」

春香は防波堤の上をしばらく歩いてから、手を振ってみせて、飛び降りた。それからキッチンカーに向かって走っていった。

海はオレンジの空を見事に逆さ映しにしていた。夕日が海の向こうにあるから全てがシルエットのようで、この世のものとは思えないほどだった。

野村も、きっとこの美しさに心を奪われたのだろう。
草野は腰を上げると、最後にもう一度浜辺の光景を目に焼き付けた。

エピローグ

「はあ⁉」

綾子は思わず声を上げていた。

「あんなに人をこき使っておいて、なにもできませんでしただぁ？　いったいどういう了見よ、いったんさいよ！」

いま担当している作家の任侠《にんきょう》小説をチェックしていたからか、言葉が危《あや》うくなる。

しかし、電話の相手——草野が、結局原稿が書けなかったと言うのだ。

『いや、ほんと。いろいろ調べてもらって感謝しているんですが、なんというか、繋がりがなく。えっと、支離滅裂な記事になりそうだったので、今回は見送ろうかなと。それでも上村さんには大変お世話になったので、ちょっと、えっと、お礼でも言っておこうと……』

「礼はいらねぇ、結果で返せ！」

アメリカ公文書館の件では、お局さんにも、その担当作家にもずいぶんと文句を言われた。結局のところ大塚が丸く収めたが、そこまで草野に優しくする必要はないではないか。

「で？」

『で？』

「これからどうするんだって話ですよ」

『えっと……ですね』

この男、なにも考えていないな……。

「こっちは実績のないライターを囲うほど裕福《ゆうふく》な会社じゃないんですよ」

なにか書けるまで連絡してくんな、このやろう。接待費だの取材費だの社長は甘いが、今後はビタ一文出させるつもりはないぞ。こちとら合コンの予定もすっぽかす羽目になったんだから。

『でもですね、次はいいのが書ける気がするんですよ』

「なんすか、それ」

『いや、そんな予感がするんです』

「そもそも、どこに行くのよ」

『えっと、北のほう……かな』

どこを基準に北なんだよ。香川が基準なら、まだ日本の大半は北だ。

『とにかく、いろいろありがとうございました。またご連絡いたしますー』

そこで電話は切れた。

苦々しく思いながらも、草野の声に、どこか晴れやかなものを感じ、それがまた腹がたった。

このデラシネ野郎！　今度会ったら、ただじゃおかないんだから！

◎本作は書き下ろしです。
◎本作はフィクションです。実在の人物、企業、学校、団体、文献および史実等とは一切関係ありません。

梶永正史（かじなが・まさし）

1969年山口県生まれ。2014年、『警視庁捜査二課・郷間彩香 特命指揮官』で第12回「このミステリーがすごい!」大賞を受賞しデビュー。「郷間彩香」シリーズ、『組織犯罪対策課 白鷹雨音』『ノー・コンシェンス 要人警護員・山辺努』『アナザー・マインド ×1捜査官・青山愛梨』など多くの警察小説を手掛け、「郷間彩香」「ハクタカ」等でドラマ化。さらに近年は、『シークレットノート 産業医・渋谷雅治の事件カルテ』、アクションスパイ作品の「ドリフター」シリーズ、『ウミドリ 空の海上保安官』など多彩なミステリーを上梓している。

デラシネ
放浪捜査官・草野誠也の事件簿「鏡の海」篇

潮文庫　か－6

2024年　12月20日　初版発行

著　　者　梶永正史
発 行 者　前田直彦
発 行 所　株式会社潮出版社
〒102-8110
東京都千代田区一番町6　一番町SQUARE
電　　話　03-3230-0781（編集）
03-3230-0741（営業）
振替口座　00150-5-61090
印刷・製本　精文堂印刷株式会社
デザイン　多田和博

ISBN978-4-267-02439-9 C0193

潮文庫　好評既刊

突破屋
警視庁捜査二課・五来太郎
安東能明

官僚と企業の贈収賄――。国家レベルの入札情報が漏洩している!? 感付かれたら事件そのものが消される。陰に潜み、ひたすらにホシを追う緊迫の捜査の行く末は……。

見えない鎖
鏑木　蓮

切なすぎて、涙が止まらない。女子短大生の生田有子は、刺殺された父の秘密を知り、自らで真相に迫ろうとするが……。人間の業と再生を描いた純文学ミステリー。

見えない轍
心療内科医・本宮慶太郎の事件カルテ
鏑木　蓮

江戸川乱歩賞作家による純文学ミステリーシリーズ第一弾。摂食障害の女子高生と、命を落としたパート女性の間に何があったのか。人の心に潜む光と影を見つめる。

見えない階
心療内科医・本宮慶太郎の事件カルテ2
鏑木　蓮

大好評シリーズ第二弾。京都の神社の階段下で、一人の男性の遺体が発見された。時を同じく心療クリニックを訪れた三十歳の営業マンの真意に本宮慶太郎が迫る。

疵痕とラベンダー
太田紫織

「櫻子さん」シリーズ著者による青春ミステリー。主人公の昴と寡黙な女子高生・宵深が、推しへの課金やペットトラブルなど「好き」にまつわる様々な事件を解決！